辛舌代 —— 著

水滴与灰尘

WATER DROPLETS
AND DUST

北方文藝出版社
·哈尔滨·

图书在版编目（CIP）数据

水滴与灰尘 / 辛舌代著. -- 哈尔滨 : 北方文艺出版社, 2024.7. -- ISBN 978-7-5317-6331-4

Ⅰ．I267.1

中国国家版本馆CIP数据核字第2024XB2297号

水 滴 与 灰 尘
SHUIDI YU HUICHEN

作　　者 / 辛舌代	总 策 划 / 王思宇
责任编辑 / 宋雪微	产品经理 / 聂　晶
封面设计 / 方　悦	版式设计 / 段莉莉

出版发行 / 北方文艺出版社	邮　　编 / 150008
发行电话 / (0451) 86825533	经　　销 / 新华书店
地　　址 / 哈尔滨市南岗区宣庆小区1号楼	网　　址 / www.bfwy.com
印　　刷 / 武汉市籍缘印刷厂	开　　本 / 880×1230　1/32
字　　数 / 136千	印　　张 / 7.75
版　　次 / 2024年7月第1版	印　　次 / 2024年7月第1次印刷
书　　号 / ISBN 978-7-5317-6331-4	定　　价 / 58.00元

前　言

　　转眼之间，实质性退休并正式离开工作岗位，已经满一年了。为了有一点仪式感，我决定从正好一周年的日子开始，将这一整年里断断续续在网上发的全部诗文整理汇集成一个小册子出版，作为退休第一周年的纪念。

　　去年我最后一天上班是在3月7日。我是应该选择今年3月6日还是7日开始呢？按不同标准，这两种选择都是有道理的。现在我身在多伦多，则有了一个优势：我从多伦多时间3月6日晚上开始，那已经是北京时间3月7日上午了，所以从某种意义上来说，两个选择的效果同时达到了。

　　之前写下的那些文字，我把它们统称为"随笔记思"，即它们是我随意记录下的一点对世界和人生的观察、思考和感悟。后来发现，其实如今我写作很少用笔了，往往是直接用电脑、iPad 或手机完成的，于是我现在把它们一律改叫成"随手记思"。如果有一天科学技术进一步发达普及，我也开始不用手而用其他方式写作了，可能我又需要改用其他叫法了。且等到那个时候再说吧，估计在相当长的时间内，叫"随手记思"应该还会是比较准确的。

I

真正能够对人类社会的文化发展做出贡献的人，基于其作为人的使命，是需要在适当的时候开始立言的。我作为一个平凡的人，本来并没有达到那个境界。可是自己平时确实对很多事情，是有自己的思考并有自己的想法的。姑且写出来，作为对自己的一个交代吧。我会在每一篇作品里，至少表达一个观点，并争取在标题上就把它们表现出来。在汗牛充栋的文字海洋里，我写的东西可能只是增加了一点微不足道的水滴甚至灰尘而已。好在我走到现在所拥有的心理状态，已经完全不在意名利了。因此我也不会迎合任何人的需求，只是随心所欲地写出我自己想说的东西，而它们是不受任何时间或地域限制的。无论是现在或将来，只要有人碰巧读到我写的东西，能够受到一点启发，或者在其内心中产生一点共鸣，那么我写作的另一个目的也就实现了（我写作的首要原因，只是让自己退休后也能有事可做而已）。

　　因为是随手记思，所以内容上是没有什么规律的。我自己将其称为天马行空的"瞎写"。这一年里，有不少时间我都是在旅行途中，或者因为各种原因而日子过得匆匆忙忙，所以其中不少文字，我选择的是容易在短时间内完成的诗词。只有比较安静地待在家里时，我才会按初始的设想，写出篇幅较长的小文章。

　　以实质性退休一周年为时间节点，整理过去一年所写的东西，虽然有仪式感，但是毕竟我没有赶任务的约束，且内容多为比较懒散自由的随记，所以写出的总体数量、篇幅是有限的。于是我想到了给我写的每一篇东西加上一幅配画。加上图画，我的小册子应该就不至于太单薄了。

我把这一册叫作卷一，也就意味着，我是想按随手记思这种形式继续写下去，并且以后还会想出版卷二、卷三等，乃至一直写作、出版下去。不过我没有任何客观的压力，以后也不会在意什么特别的仪式、时间了。所以今后仍然只会是有空就随意地一直写下去，直到因为不可抗力原因不愿意写了，或不能写了为止。今后结集出版的内容和时间也将是未知的。

经常会看到一些教人如何做人、做事的被称为心灵鸡汤的文章或说法，提出如果一个人想要做成一件事情，一定要将其隐藏在内心深处，不要告诉别人，要等做成之后，才让别人知道，否则最后就会因为各种原因而做不成那件事。其中有社会阴险，会受人干扰阻碍等说法；也有神秘主义的解释。我自己青少年乃至中年的时候，也下意识地会那样做，即有什么想做的事情，往往会藏在心中，最多只是秘密地写入日记。可是当我渐入老年之后，对一切就都没有那么多顾忌了。甚至我还接受过一种说法，即把想做的事说出来，可以客观上给自己形成一种氛围，促使自己完成它。事实上，我现在做那些完全不损害别人利益的、自己的事情时，对于别人会如何反应，已经完全不在意了。而自己想做的事情，也是话到嘴边，随便想说就说。不管别人褒贬如何，我都会自顾自地做下去。而且做成、做不成，也都是无所谓的了。也许是我已经提前进入了"从心所欲不逾矩"的状态了？我说我思，我思故我在。

在本书交付出版之前，我决定将书名定为"水滴与灰尘"。意思是，我写的这些东西，在书籍的海洋里，有人可能认为它们是增添海洋内容的水滴，有人可能认为它们是污染海洋的灰尘。

这就算这本小册子的前言吧。

2024 年 3 月 12 日于多伦多

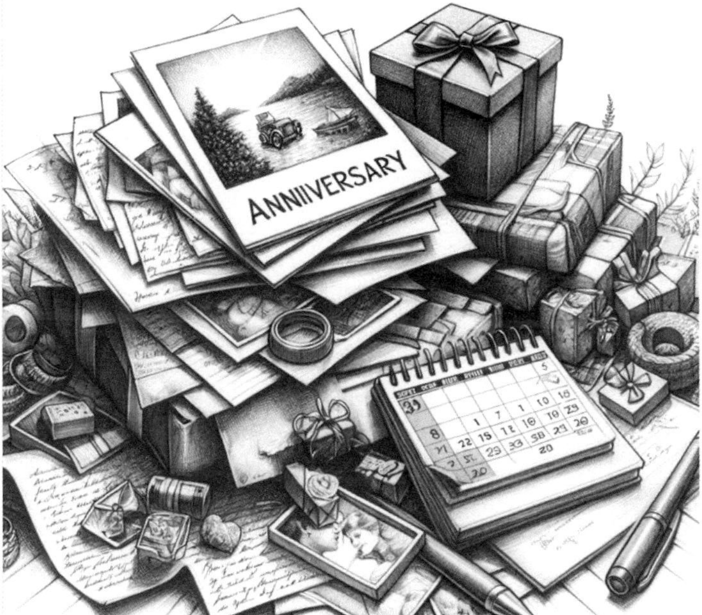
ANNIIVERSARY

目　录

1. 从退休后作半世歌说起．．．．．．．．．．．．．．．．．．．．．．．．．1
2. 成王败寇同归土
　　——游长城西源头及玉门关和阳关有感．．．．．．．．6
3. 人对死亡的纪念
　　——写在2023年清明节．．．．．．．．．．．．．．．．．．．．．．7
4. 世缘无常
　　——一日养鸭记．．．．．．．．．．．．．．．．．．．．．．．．．．．．．9
5. 精神上的自私．．．．．．．．．．．．．．．．．．．．．．．．．．．．．．．．．．．12
6. 名利浮云随风飘
　　——山东游记．．．．．．．．．．．．．．．．．．．．．．．．．．．．．．．15
7. 物我孰真
　　——重庆游记．．．．．．．．．．．．．．．．．．．．．．．．．．．．．．．18
8. 从极限运动说起．．．．．．．．．．．．．．．．．．．．．．．．．．．．．．．．．20
9. 由房屋引发的思考．．．．．．．．．．．．．．．．．．．．．．．．．．．．．．23
10. 云海梦幻乃永恒
　　——观《只有峨眉山》有感．．．．．．．．．．．．．．．．．．26

I

11. 情感这种东西.................................... 29

12. 西藏之旅首日有感............................ 32

13. 关于自然灾害.................................... 34

14. 人少物盛，无喧成仙
　　——林芝游记................................ 37

15. 孝顺问题.. 39

16. 人与其他动物的关系........................ 42

17. 俗人一世忙奔波，高僧终身静修禅
　　——珠峰大本营游记.................... 46

18. 人的自信.. 51

19. 西藏旅游经验分享............................ 54

20. 保养与长寿.. 62

21. 单纯的人生
　　——有感于西藏牧民的生活........ 65

22. 婚姻.. 67

23. 世间本无十全地，随遇而安心自宁
　　——西藏归来有感........................ 71

24. 人类的繁衍.. 74

25. 自古名利归官家，偶有圣贤出草堂
　　——游武侯祠、杜甫草堂小记.... 76

26. 疾病与治疗..................................79

27. 民心有褒贬，自封亦枉然
    ——进入三峡前，游白帝城有感............82

28. 参透天下圣俗事，方晓本无明镜台
    ——记立秋日与大学同学聚会..............83

29. 人们的饮食禁忌..........................85

30. 饱览胜景凡亦仙
    ——又游三峡有感........................88

31. 人与人的竞争............................91

32. 物因人出名，人借物抒志
    ——洞庭湖、岳阳楼游记..................94

33. 飞离地球................................95

34. 岁月消失似江流
    ——又游黄鹤楼有感......................97

35. 游罢山水回书房，模糊繁市与乡村
    ——又游武汉（东湖及磨山）有感..........99

36. 凡人歌.................................100

37. 雪泥鸿爪...............................101

38. 健康生活方式与临死时光.................102

39. 退休与回归本我.........................108

III

40. 适当有益，过度有害

　　——由旱涝水位线所想到的............ 111

41. 精神伤病及其自愈........................ 115

42. 学习新技能的难与易

　　——从学练乐器所想到的............ 119

43. 盖棺定论待他日，耳顺之年试新才

　　——白露日有感............................ 124

44. 何时追逐梦想的事情.................... 126

45. 人类饮食的异化............................ 130

46. 自然生长与人工养护

　　——看到花草枯萎所想到的........ 134

47. 老年痴呆的问题............................ 139

48. 乐观主义和悲观主义.................... 144

49. 从善如流与听而不闻.................... 148

50. 名与利.. 152

51. 再谈夫妻关系中的忍让................ 156

52. 从现在开始.................................... 161

53. 正面情绪与负面情绪.................... 165

54. 大智慧与小聪明............................ 169

55. 命与位的相配问题........................ 174

56. 彻底告别职业工作.................... 180

57. 人生大事不应该经常推倒重来............ 186

58. 自律岁月长
　　——生日泡温泉有感.................... 190

59. 人应该经常心态归零.................... 191

60. 人对于变化的适应能力.................. 195

61. 此去仙鹤入渺茫
　　——纪念江平老师...................... 198

62. 意兴阑珊假游客
　　——冬日又过香港偶记.................. 201

63. 台湾小记............................ 202

64. 喜怒哀乐在人间
　　——小家庭团聚有感.................... 203

65. 家人所在，落地生根
　　——2023岁末跨年夜有感................ 205

66. 闭眼塞耳方无事
　　——家庭关系打油诗.................... 207

67. 挥手引出心中悲，泪飞顿成倾盆雨
　　——香港机场送别儿子有感.............. 209

68. 奢靡生活逆命短，简朴持家福运长
　　——又游澳门有感...................... 211

69. 众教和睦，世界大同

  ——游览阿布扎比大清真寺有感..........212

70. 迪拜奇迹花园小记......................213

71. 短期可赖外运气，长远唯靠内在能

  ——又访深圳有感......................214

72. 远路情怀寄山水，繁星之下伴月眠

  ——记小住惠州巽寮湾"云水蓝楹"沙滩海岸别墅民宿................................216

73. 乐土原本在今世，合家共勉天地鉴

  ——赴多伦多与子团聚有感..............218

74. 万家灯火满地星，只因人住云雾中

  ——又居多伦多有感....................220

75. 万物循环岁岁长，四季轮换时时新

  ——多伦多过春节有感..................222

76. 融入大众且随缘，还原本我方从容

  ——家居生活有感......................224

77. 世间风景实类似，何必猎奇走天边

  ——游硫磺山及周边景点有感............226

78. 人间逆旅笑沧桑，天高云淡一身轻

  ——再访卡尔加里有感..................228

I.从退休后作半世歌说起

彻底退休几个月了。截至目前的主要活动，是去了国内若干个妻子之前没有去过的地方旅行。我们年轻时其实已经打卡了国内外很多旅游景点。我工作期间（尤其是早年的时候），在国内外也经常出差，因此有时也就顺带旅游了一些地方。

最近与朋友闲聊时偶然说到，我是打算朝目前所知人类极限120岁去活的（当然同时我也做好了准备，可以随时因意外而死亡）。朋友说，那你现在是"人到中年"啊。于是我为自己作了一首半世歌：

半生半勤半成就，半工半游半寰球。

半途半憩半出世，半心半意半从头。

总的来说，在前半辈子里，尽管自己也"努力奋斗"过，但是没有将工作放到高于一切的位置，自认为不是一个真正意义上的工作狂，因此成就也就有限。现在算是人生半途了，尽管不会彻底躺平，但是不用再为稻粱谋了。在我的思想中一直偶有显现的出世心态，应该会比以前更常见一些了。对于退休后怎样生活，我其实已经想了好几年了。我跟别人说,感觉有各种各样的无限的可能性,但是最终哪些能变成现实,将取决于各种主客观因素综合作用的结果。无论如何,应该都不需要像前半辈子从事职业生涯那样,主动或被动地全心全意地投入,也不会是真正意义上的起于一无所有了。

其中一个主要的考虑方向,是年轻时就认定为自己应该做的事情,即写作。这两年,也练笔了四五十万字。在这方面,只与儿子认真讨论过。但是有一段时间,却产生了在社会上什么都不想再做了的念头,觉得自己过去已经在一个行业里从头到尾完整地经历过一遍甜酸苦辣,现在再重新进入一个新领域(写作),其结果,在心理感受上来说,无非是另一种形式的重复而已;而且自己已经对名利都无所追求了,何不只做一些自娱自乐的、也一直比较喜欢的,诸如练弹钢琴、吉他之类的事情就算了呢?没想到儿子听了我的这种想法后,在万里之外打来的越洋电话中竟然哽咽了,为我有那样的想法而伤感,说他认为我还是处在能做一些生产性的事情的阶段。可能是在他的思想中,认为我的那种想法接近于消极等死的心态。其实对于老年人来说,那应该也算是很积极的态度。这也许就是代沟产生的思想差异吧。不管怎样,儿子的年轻人的想法也是有其道理的。

于是我决定还是要写作。但是写什么也是一个问题。

与朋友聊到这个话题时，有人建议写一些亲身经历和近距离旁观的外企高层钩心斗角的故事，填补目前社会上这方面的空白。可是我目前仍然更想直接写一些自己的人生感悟。真正动笔写时，又觉得是不是应该先从容易的开始，即结合自己几十年的法律知识，先写普法文章。但是写了几篇普法文章之后，就转到自己已经构思了很多年的角度，即假借外星人对地球的观察，来写一些感想。后来发觉，坚持那种角度也很难。前后写成的总共二三十篇，基本上都是每次随手写一篇，有时能连续坚持很多天，每天都写，但是总有一些原因会打断其连续性。

几个月之后的现在，自己觉得思路理清了：我应该就从自己的角度，随手记录下思考的东西。自认为很早就习惯于独立地、批判性地去思考，对听到、看到的一切东西，自己都不会自动全盘接收，而是要思考一下，再做出自己的判断（因此也常常被妻子诟病，我的想法有时很奇怪地与别人不同）。

脑子里有时也会泛起一些阻力的说法，但是都自言自语地予以了反驳。一个是"太阳底下没有新鲜事"。确实，千百年来，圣哲先贤们已经深刻地思考过人世乃至宇宙间的一切。不管你做什么事情（无论是否与成就有关及其程度如何），基本上都是有别人在之前已经做过了的，而芸芸众生也一直只是在不断地重复着类似的人间故事，但是那并不排斥我从自己的角度，表述自己的思想。

另一个相关的说法是"人类一思考，上帝就发笑"。不过那也没有关系。我的思想是要分享给同类的人，而文字还有一个重要交流功能，就是让别人产生共鸣，即在别人读到时，感慨"我也是这样想的"，并因此得到一种心理满足。哪怕是现在或将来有极少的人，在读到我写的东西时，即使没有受到什么启发，但是能产生一点共鸣，我的写作也是有意义的（至少对我自己而言）。一些亲友读了我写的东西的初期反馈，也证明了我这种期待和自信是建立在现实的基础之上的。

最近还自我证实，基本上可以在几分钟的时间里，基于外界的激发，而口占、写出四句、八句或更长的介于打油诗和乾隆体之间的诗词。因此在没有条件写相对完整长幅文章的时候，我也可以用诗词随时记录一点自己的思想。说到多达四万多首，在数量上以一己之力比拼全唐诗集的乾隆诗词，我还真去翻看了一下，觉得其中有很多能显示作者是具有较高的诗词水平的。如果大学里有人去认真研究它们，写出若干硕士、博士学位论文应该是没有问题的。也许将来我寻求实现某种退休后可能性时，也可以考虑在那方面试试。而乾隆回应别人劝他不要写诗时，回答的"非此何以消磨闲暇时光"的说法，是很能引发我的共鸣的。所以保持写作连续性有了一定的形式上的可能。

因此，从现在开始，我要持续地写出一些我思考的东西。我将先整理出退休以来已经写出的东西，之后再继续写下去。为了有一点仪式感，前期我将以每天一篇或一首开始。以后的更新频率也许会变成每隔几天，或每周，甚至间隔更长的时间。希望能对现在或未来读到它们的人有所启发，或产生一些共鸣。其实说到底，坚持写作下去本身，就已经实现其原本的意义了。

我的后半生，有了可以持续做下去的事情了。

2.成王败寇同归土
——游长城西源头及玉门关和阳关有感

千年厮杀为争强,无边荒漠任攻防。
金汤壁垒今何在?残垣断壁述凄凉。
玉门阳关变通途,咫尺天涯费思量。
成王败寇同归土,一统天下亦枉然。

3.人对死亡的纪念
——写在2023年清明节

以复杂方式纪念同类的死亡，可能是人类与其他动物的一个重要区别。人类发明了与此相关的很多做法和说法，实践和理论。

在死亡面前，人们会因为突然失去日常在一起的亲友（甚至包括其他动物），从此不能像以前那样在一起喜怒哀乐，而感到悲伤。人们逐渐发明出各种表达悲伤的仪式，有的连续多时、多日。其实那也能起到分散注意力的作用：人们忙于各种仪式，自然而生的悲痛感就会被冲淡。

人死了之后，物理死亡，只存在于人们的记忆中了。不过随着人类音像记录技术的不断完善，人们已经能够看到故去的人的音容笑貌了。通过越来越发达的人工智能技术和立体投影技术，以及未来的其他更多未知技术，以后还可能实现与故去的人进行越来越有真实感的交互性沟通，等等。

有的人（尤其是古代的人）或许认为死去的人也是需要使用活着时所使用的东西的，所以会放一些实物殉葬品与死者一起埋到地下。这为盗墓的恶行埋下了诱因，也为后代的考古提供了工作的依据。

有少数的人，死后，其遗体会被出于各种不同的目的而使用各种方法保存起来。在现代的技术下，还能供后人对遗体进行纪念活动。

除了人们零零星星的纪念外，又会有共同的节日，比如说中国的清明节，让大家一起在同一个日子去纪念故去的亲友。

其实人的纪念活动，有的人完全是出于真心，为了表达自己内心的怀念，而有的人则是部分地甚至全部是为了做给别的活着的人看的。有的地方还衍生出专门替别人哭灵的职业。

有的人没有特别的外在表现的纪念活动，也并不积极参加别人的纪念性质的活动，但是那并不意味着其内心中对故人的怀念比别人少。这种人外在的不作为，应该与其是否有相关的信仰是有关系的。我以前听说过一个外国人，在与其非常亲近的母亲去世时，不积极参加葬礼，而只是远远地旁观，然后静静地离去。当时我觉得很能理解这个人，并以为自己也能那样做。我母亲很年迈的时候，出于她自己的某种考量，几次叮嘱说，等她在老家去世的时候，让我不要赶回去参加她的葬礼。但是，当我母亲去年没来得及过她100周岁生日而去世时，我还是完全遵循家乡的习俗，在老家积极主动地全程参加了她的葬礼。

4.世缘无常
——日养鸭记

上午去小区中心花园湖旁我称之为"太极亭"的地方练太极时,发现有一只毛茸茸的小黑鸭子,趴在浅浅的草地上,在那里专心致志地梳理着它自己的绒毛。

几十分钟后我练完太极,仍然没见有主人来寻那只小鸭子。它显然已经完成了自己的梳理工作,开始迈着两片小脚丫子,茫无目标地到处乱窜。我担心它出意外,就轻松地把它抓起来,带回了家。

打电话问小区物业,被告知没有人报告丢失小鸭子。我专门找了一个原来装大电器的大大的纸盒箱子,把小鸭子放在里面,又放了水盘和一些菜叶子进去,并将纸盒子连同小鸭子安置在院子里的玻璃棚下面。可是小鸭子在那里一直叫个不停。妻子说家里养不了,所以我们准备把它放到会所门前更大的湖里。我还提前知会了物业,告诉他们,如果有人打听丢失的小鸭子,可以通知人家到那里去找。

可是每次当小鸭子不情愿地被放进湖里后,它都会马上扑腾着爬上岸来，并快速地迈着两片小脚丫子紧紧地跟着我们。我们故意走到需要登上若干个台阶才能进入的湖边的亭子那里，可是小鸭子也努力吭吭哧哧地逐个跳上那几个台阶，追上了我们。我们走出亭子时，它也连滚带爬地跟了下来。反复试了几次，发觉它真是跟定我们了。最后我只好又把它抓了起来，再次带回了家。

这次保姆阿姨给小鸭子准备了更好的食宿条件，小鸭子似乎在那个大纸箱里也慢慢适应了，有时也不叫了。我们以为这只小鸭子真的要在我们的院子里安家了。

晚上我还专门在网上搜索、购买了十多米长的细尼龙线，准备以后每天在小鸭子无聊时，用尼龙线系在它的脚上，把它从大纸箱子里拿出来到处转转（事后再把它放回去）。我想象着，当别人在外面牵着狗溜达时，我牵着鸭子散步的奇怪景象。在这种对奇怪组合的憧憬中，我一夜无梦。

当我第二天早晨兴冲冲地跑到院子里那个大纸盒箱子边时，却赫然发现那只小鸭子已经不见了。而大纸箱里面及周围，也没有发现任何小鸭子被其他动物抓走而留下的毛发或其他痕迹。

我们在院内院外循着若隐若现的（应该是幻听中的）小鸭子的叫声，把能想象到的地方反复找了好多遍，却再也找不到那只小鸭子的踪影了。最后我们只好接受了与它

4.世缘无常——一日养鸭记

只有一天缘分的事实。

因此,作了这篇一日养鸭记,作为纪念:

葱郁青草卧雏鸭,转首自洁心无瑕。
茫然踟蹰惹人怜,惜命无措携我家。
纸盒杯水暂栖身,翻厨倒柜伺候它。
啾声不绝揪人心,送入小湖回岸爬。
紧跟前后不离弃,欣然带回当新娃。
美好憧憬脑中现,有限岁月共生涯。
入夜分别少仪式,次晨惊失无处查。
一日情感付春风,世缘如此且旷达。

11

5.精神上的自私

　　自私指一个人只为自己打算,只图个人利益,并相应地表现出来的言行,通常与金钱物质和各种实惠好处有关。自私的人在面对自己的利益与别人的利益发生冲突时,会不顾及别人的利益,只关注自己的利益。而自私的人在出现自私言行时,通常也是能够知道其至少可能会损及别人的利益的。

　　当人们把自私与"自我中心"的理论联系在一起的时候,有人会辩解自私的合理性和正当性,把它当成人的重要本性之一,并将其上升为社会进步的一种重要推动力。有人认为,快速发展的资本主义社会,就是因为其认识到了人类的这一本性,并设计了各种顺应的制度而得以实现的。

　　但是不管怎样,在传统的道德层面上,通常会把自私当成一种贬义的概念。为了抑制它,人们会提倡一种与它相反的利他主义。有人为了折中,又希望能够找到一个平衡点,提出"主观为自己,客观为别人"的理论,希望一个人既能满足自己的私利,又能照顾别人的利益。

5.精神上的自私

　　社会上真有一些人先天或后天地拥有利他主义思想，能够克制也许是人的本性的自私，而将别人的利益置于自己的利益之上，总是会主动考虑并照顾特定甚至不特定的别人的利益，而优先于考虑或顾及自己的利益。这些人都是公认的好人，但是往往会被视为在现实生活中容易被别人利用甚至被占便宜的老好人。

　　就像任何事物走到极端，都可能与其反面的界限在某种程度上变得模糊一样，一个人在利他主义的道路上走到极端，也可能与自私的界限在某种程度上变得模糊，那就是我这里所说的精神上的自私。

　　这与人们在物质上的自私肯定是不一样的，甚至是相反的。比如说，有人只能允许自己给别的特定或不特定的人不求报偿地提供东西，为别人不求报偿地做事，而不接受别人不求回报提供的东西，也不接受别人不要报偿地为自己做事。这种现象最典型的是发生在父母子女等有特殊亲情、友情关系的人们之间。通常情况下，那往往可以是结果各得其所的局面。

　　但是如果对方也是一个同样的利他主义者，就可能发生实质性的冲突。这时候，就会发生我称之为精神上自私的现象。即一个人会为了坚持自己的做人原则，保持自己作为好人的底线，以便在精神上得到满足，而不顾及对方可能也有的类似心愿。在这种情况发生的时候，如果双方都处于类似的精神状态，就会真的有人很生气，而出现尴尬的局面。当然最终大家会意识到彼此都是出于好心，因此也就不会相互认真计较。但是如果双方都是真心实意的人，在一方坚持，另一方最后只好让步的情况下，可能真的会有人感觉内心在某种性质、某种程度上受伤。

我自己在这方面的亲身体验，主要是发生在与我母亲的一些只为对方考虑而发生的相互礼让上。当时会为这种各执己见的局面而感到沮丧和困惑。后来我从理论上，用精神上的自私来解释这种现象，就释怀了：那实际上是人本性中的自私在精神层面的自然表现。如果从这方面想清楚了，那么一个人在自我心理和精神满足上做一点妥协，而让别人得到和实现一种心理和精神上的满足，其实那也可以算是一种精神上的无私。认识到了这一点，后来在与别人的交往中，当我认为别人有可能是真心真意，而且不会使别人产生真正意义上的负担时，我有时就不会再坚持自己的做人原则，而会压抑一下自己精神上的自私，让别人心满意足地完成其表达礼让或回报甚至感恩的愿望。

6.名利浮云随风飘
——山东游记

山东淄博在入春的时候，突然掀起的一股美名远扬的烧烤热，几个月之后慢慢冷却下来了。看来依靠炒作流行起来的东西，即使一时风光无限，如果本身不具备可持续性，最后也只能是昙花一现而已。

大学时一个与我非常要好的姜同学，就一直在淄博工作（还担任过当地的律协会长），我曾经一直想到他的家乡去看看他。我的妻子也说过，还没有登上过著名的泰山。于是5月下旬我们就临时决定去一趟山东，跑了济南、淄博、曲阜、泰安等几个旅游地。

在济南火车站，还发生了一件有趣的事情：我们当时下了火车往外走时，在人数不多的接站处，见到有"司导"（司机兼导游）举着写有我名字的牌子，于是我们就径直走了过去与他会合。"司导"与我们打过招呼后，仍疑惑地看着我，又往我们后面张望，并且口中念念有词地说着："61，61。"我问他说61是什么意思，他说公司提供的接站信息，是要接61岁的人，可是我们看上去不像61岁的人啊。我当时在心里跟自己开玩笑,下次再遇到类似情况,我要说:"我爸在后面,马上就到。"

　　登泰山的时候,有两处相隔很远的上山缆车,一处停运,在维修。结果"司导"带我们坐观光摆渡车时,稀里糊涂地坐错了车,去了停运的那个缆车处。为了不来回折腾,我们就决定试试直接慢慢爬上山去。胖胖的"司导"走到一半就不行了,自己退了下去,说要开车到另一个缆车处去等我们下山。我拉着妻子,我们费了九牛二虎之力,勉强爬过最陡的十八弯路段,终于登上了南天门。妻子不想再往上爬了。为了及时赶上当天下午最后一班下山的缆车,我自己一个人匆匆忙忙地跑着上了一趟玉皇顶(并录下了上面的景象分享给妻子)。经过这次的教训,我们决定,以后再也不要尝试做这种接近体力极限的事情了。

　　那次游览泰山和参观孔子纪念地时,我记得像以前一样,在门票之类的纸片上记录了当时口占的好几首诗。可是也像之前那样,过后,那些纸片都不小心被当成废纸扔掉了。只剩下了下面这一首小诗,当时写在手机上,保存了下来(所以现在我出门在外写、记东西时,都会写在手机上):

　　　　齐鲁赶烤凑热闹,寻姜未遇兴仍高。
　　　　人间烟火食为天,名利浮云随风飘。

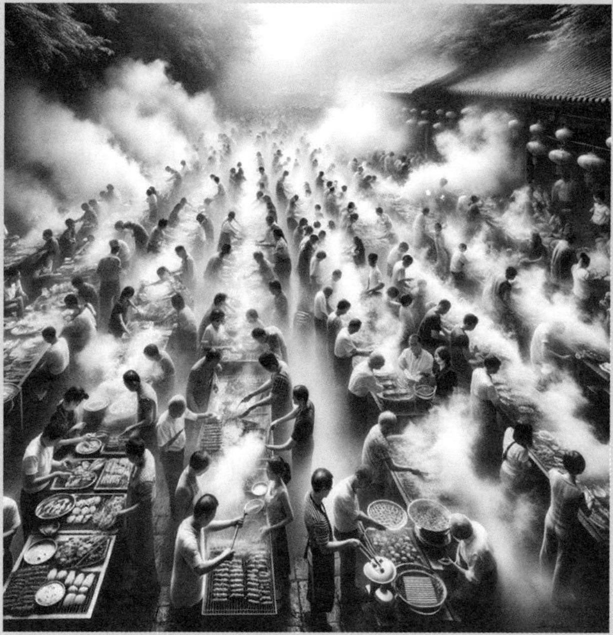

7.物我孰真
——重庆游记

因为一些客观原因，从去年起就认真规划的长江三峡游（包括三峡大坝），一直拖到今年6月才真正成行（之前还因为自己的延误而被罚没了几千元当时预订行程的定金）。

我们最后选择的是由上而下的线路，所以先乘坐飞机到了重庆，并提前去了一星期左右，顺便游玩了重庆和成都及其附近的一些景点。

上次去重庆已经是三四十年前的事了，今非昔比了。现在重庆夜晚的灯火江景，尤其是洪崖洞附近，确实使人印象非常深刻。即使是在非节日的夜晚，在那周围观景的游客的拥挤程度，也足以让我感到一丝丝的恐慌。除了重庆市区内的一些著名景点，我们还出城去游览了一些自然景观，包括名叫"天坑"和"地缝"的地方。

旅游景点看多了，过后记忆都模糊了。不由得使人感慨，看过与没看过，到最后好像真的没有什么区别，尤其是对于我这样平时基本都是仅用眼睛看看，而不会主动拍旅游景点纪念照的人。有一些相互矛盾的哲学家（而且都能有一些科学理论的支持），有的说世界是无我的（唯物是真），有的说世界是无物的（一切唯心所造）；有的说有人先天就有慧根（这倒是与俗话所说的秀才不出门便知天下事没有什么关系），有的说思想中所有的东西，都是人后天习得的。所有这些，都使人有时感觉清晰，有时糊涂。

因此，我作了下面这首小诗作为重庆的游记：

江水霓彩相映红，天坑地缝神鬼工。

寻奇觅怪闲人趣，画勾打卡游客风。

物我孰真本无解，先入后识皆脑中。

万千世界见后虚，何异幽室冥想翁。

8.从极限运动说起

有冒险精神的年轻人中,总会出现少量的一些人热衷于极限运动。他们会在别人提心吊胆、瞠目结舌的旁观下,做出匪夷所思、貌似不可能的动作来。

现在被纳入正规比赛的极限运动,包括速降、极限单车、攀岩、雪板、空中冲浪、街道疾降、极限越野、极限滑水、极限轮滑、漂移板等。

这些运动都伴随着高度的危险性,如有失误和故障,弄不好可能就是粉身碎骨的结果。但是很多人能够从中得到突破一般人认为不可能的极限的满足感,所以乐此不疲。

其实人类历史上已经存在很久的杂技,也是极限运动。只是因为其形成行业的圈子,限制了普通人的加入,因此其人数比较少,因而更具神秘性而已。

在更广范围来看,人类的进步,其实也就是通过不断突破极限而实现的,包括突破物理的和非物理的其他方面的极限。人类的科学技术进步,也是通过不断突破各种科技的极限而取得的。作为人类的整体,应该有鼓励探索突破极限的机制,为人类的不断进步提供更多可能。

小到人类的每一个个体，也是不断突破其原来的局限而成长、发展的。那些取得非凡成就的人，基本上都是把其热衷的事情做到极致，投入很多额外的时间和精力后，因此突破某种意义上的极限，才达到和实现的。

人类中确实有人有一些特殊的天赋，或者有特殊的先天不足，因此其从事某些事情的时候，可能具有一些特殊的优势或劣势。但是总体来说，一个人只要真正能做到专心于某件事并坚持下去，假以时日，都是有可能突破其自身甚至人类的极限，取得惊人的效果的。

对于绝大多数人来说，每个人生下来时，就有一个无形的普通人的极限，将其笼罩着。当一个人投入超过一般人的时间和精力之后，就能突破这个一般人的极限。否则就会最后成为又一个普通人而已。普通人与特别成功的人和取得非凡成就的人的区别，其实往往就在于是否投入了超越普通人的时间和精力。先天条件可能对个体的最终发展结果有一些影响，但是就每一个个体而言，超越极限的投入，至少对其本身而言，很可能会导致其原有极限的突破，从而取得前所未有的进步。所以一个原本的普通人，如果想要取得特别的成功，取得非凡的成就，就至少应该不断突破自己在时间、精力等相关要素投入方面的极限。

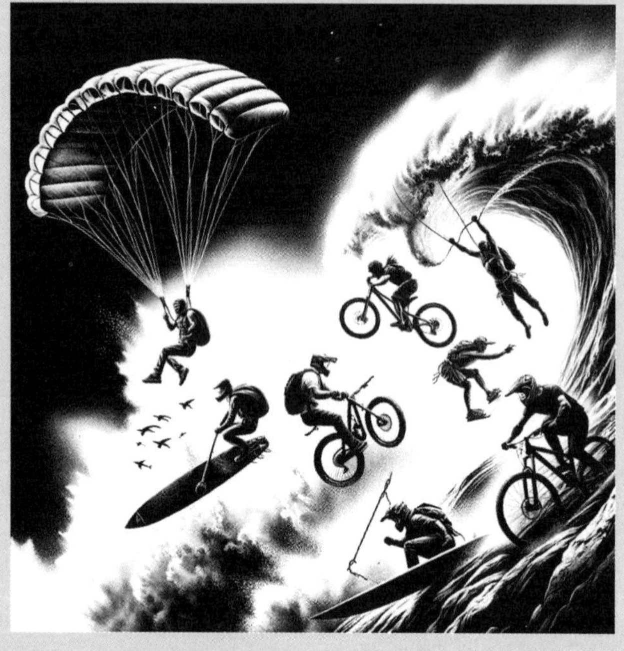

9.由房屋引发的思考

地球上大多数动物都是只会随机地利用大自然提供的一切,包括食宿等方面。它们基本上都不会制造工具,更谈不上建造复杂的房屋了,一般都是在需要睡觉时,天当被、地当床地随遇而安。

但是也有少数的动物会建造房屋,比如说蚂蚁。在每一个包括工蚁、兵蚁、蚁后、繁殖蚁在内的蚂蚁群中,工蚁担任的是筑巢、觅食、饲喂幼虫和蚁后的工作。它们所建的六角柱状体蜂房是非常精致的。它们筑的巢内,有育儿室、储藏室、交配室等多个不同功能的"房间",既结构复杂又四通八达。鼠类则会打洞,其中的鼹鼠窝洞,有保持空气畅通流动的隧道,以及许多拥有固定作用的小室,包括特定的餐厅。草原犬鼠会建造出地面上的小土堆作为房子的入口,而在其建的地下房间中,离洞口较近的是紧急避难房,往下则是食物房、宝宝房、卧房、厕所,等等。

鸟类则一般在树干上或者房屋的屋檐角落用树枝、泥土和自己的唾液筑巢(包括被中国人加工成佳肴的燕窝也属于此类)。

生活在水中的动物，比如说水獭，会在水边挖洞并用干草、树枝做成自己的房子。而水中建房动物中的佼佼者，包括河狸，在建房子之前，它们会用树木、沙石、泥土先在水里打一层厚厚的地基，再在地基上面铺上干燥的草，最后用树枝架一个顶，中间空出来的这一部分才是它们的客厅、餐厅和卧室。它们还会将木料搬运到水中，再用泥土将它们粘连在一起，修筑出保护其巢穴安全的长长的堤坝。

通常动物们是自己建的房子自己住，但是也会出现鸠占鹊巢的现象。

当然在所有动物中，最能把建房做到出神入化的，还是人类。

人类在住房方面，也有过非常原始简陋的时候。但是自从人类掌握了建筑技能后，在造房复杂性方面就一发不可收了。尤其是在使用上现代的科技后，更是向上开发出不断升高的摩天大楼，以及往下的开发。今年上半年我们去上海的时候，出于体验的目的，有点类似于我们年轻时一次上午高空跳伞下午深海潜水那样的经历，我们相隔一天地分别住了世界垂直高度最高的酒店——坐落于中国第一高楼上海中心大厦的J酒店，和号称世界海拔最低的酒店——建在一个深深的废弃裸矿坑的上海佘山世茂洲际酒店。

9.由房屋引发的思考

人类建造的房子样式越来越五花八门、奇形怪状,有的房子及其内部的设备,更是建得奢华无比,装备各种自动化智能管理系统,无所不用其极。冬暖夏凉不用说了,从功能上来说,人们甚至已经做到了仅仅在一些(包括正在设计的更多、更好的)大型建筑内部,就可以完成生活、学习、工作、医疗、娱乐等各个方面的事情,几乎可以"足不出户"地在里面完成生、老、病、死的全部过程。

尽管人们现在已经建造了很多的房子,但是仍然有很多地方的人,因为各种各样的主客观原因而居无定所甚至流落街头。因此,自古就有人发出类似杜甫的"安得广厦千万间,大庇天下寒士俱欢颜"的宏愿,表现的是人类中的圣者悲天悯人,希望造福同类的情怀。

10.云海梦幻乃永恒
——观《只有峨眉山》有感

我们这次旅游,上峨眉山之前,在山脚下先住了一夜。晚上我们看了名叫《只有峨眉山》的"戏剧幻城"实景演艺节目。

现在国内很多有美丽景观的旅游景点,都会有著名导演亲自或挂名创作执导的实景演出。首批出现的,是叫某某印象的"印象"系列,然后是叫"又见"的系列。而《只有峨眉山》,据说是要开辟新的"只有"系列,其形式也与之前的系列不一样,基本不借用实景,而更像人工置景的舞台剧。但是它的观剧的方式有创新,是行进式的观赏方式 —— 观众要在三四个很大的观景区内,随着剧情的变化而走动,所以被称为"戏剧幻城"实景演艺。

我们看的剧,具体名叫《只有峨眉山》"云之上"。这个剧实际上分成相对独立的三个单元。第一个单元说的是,有年轻人不堪生活压力,觉得这样的生活不值得活下去;然后有老者通过介绍过去的生活虽然很艰辛,但是人们仍然勇敢地坚持活下来的故事,宣扬了人世间不管处于什么

10.云海梦幻乃永恒——观《只有峨眉山》有感

状态,都值得人们带着希望活下去的理念。

第二个单元,说的是年轻人为了追求更好的生活,离开了家乡。而绝大多数人一旦离开了家乡,也就是告别了过去,基本上就是走上了一条一路向前的不归途,难以再真正回到过去的生活了。离乡背井的人所能做的,只有偶尔回老家看看,以及在脑海中保留下对故乡的永远的思念。

第三个单元,则是通过古今名人凡夫在云海翻腾的峨眉山的"时空穿越",指出其实每个人在某种意义上,都与峨眉山辛苦的背夫(用肩膀背、抬扛的人或物上山以谋生者)是相似的,每个人都是生活的背夫。

整个剧形式新颖,内容在很多方面都能够引发观众的同情和共鸣,还是很有意思的。我当时也口占了以下四句作为纪念:

> 人间百态皆值得,逆水浮世游子情。
>
> 古今各业皆背夫,云海梦幻乃永恒。

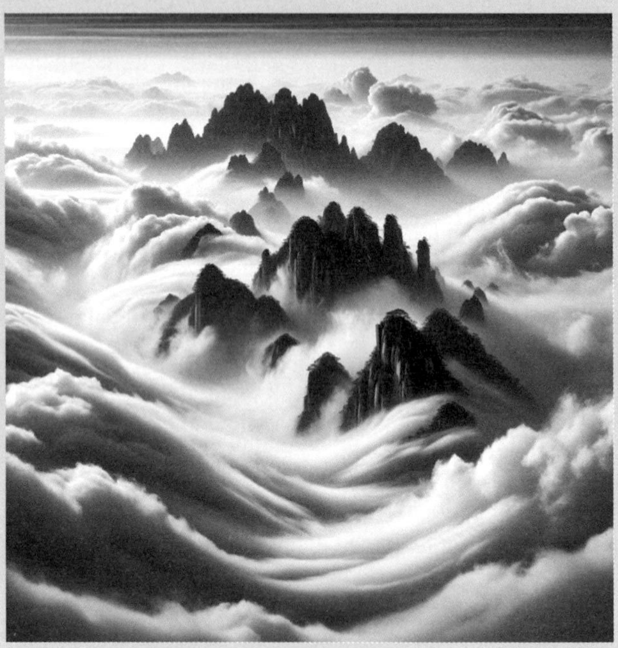

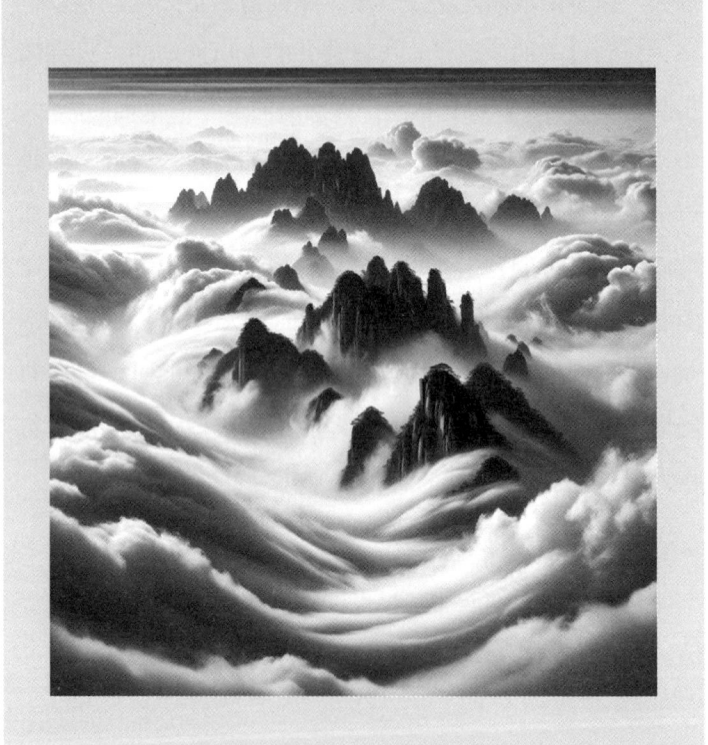

II.情感这种东西

通常所说的情感,是指一个主体对自身以外的其他物体产生的一种感觉,以及伴随着这种感觉而表现出来的一些物理和心理反应,包括动作。一般认为情感的基础是大脑及其有条件反射的功能。因此,植物和没有大脑的单细胞生物,或者即使有大脑,但是大脑容量极低,以至于其不足以支配复杂的有条件反射功能的动物,被认为是没有情感的。有人觉得冷血动物是没有情感的,只有恒温动物才能产生情感,但是像乌龟这种老寿星及一些很聪明的蛇,虽然通常认为它们属于冷血动物,但是它们也是能够出现有条件反射的,因此某种程度上应该也可以说它们是有情感的。

在人类创造的神话故事、童话故事、寓言中,动物也是有情感的。但是不管怎么说,在地球上的所有动物中,人的情感是最丰富和复杂的。

情感的具体表现形式,最典型的是在日常与同类(或异类)相处关系中,随处可见的喜、怒、哀、乐。人类最感人的情感,是对另一个人深切的爱意。人类创造的文艺作品中有一个永恒的感人题材，就是写男女之间的爱情。其他则包括父母子女之间的情感，兄弟姐妹之间的情感，朋友之间的情感，等等。

民间有乌鸦反哺、羔羊跪乳之类的说法，意思是说，这些动物也是与人类有类似的丰富情感的。有人从生物学的角度来解释人类情感，即使诸如父母子女之间，尤其是父母对子女倾心奉献的情感，其实也只是一些类似于动物的生物本能的反应和条件反射，以及具体动物品种得以延续生存的遗传基因所起的作用。不过总的来说，人类普遍还是更愿意接受关于情感的浪漫和高尚的说法。

在情感方面，人类与其他动物的最大区别，可能是人类是可以掩盖其情感的。其他动物如果有喜、怒、哀、乐的情感，那么其相关情感通常会即时地因环境的变化而产生，并随即表现出来。而人类则可能会掩盖其即时产生的情感。掩盖的原因可能是多种多样的，有的可能是为了达到某种更大、更重要的目的而忍辱负重，有的可能是出于某种不可告人的目的而喜怒不形于色，有的可能是为了逗乐他人而假装出相反的情感，有的则可能是出于善意而隐瞒一些对于对方不利的信息。人类很早就有各种理论和方法，教导人们怎样掩盖情感，然后又有破译人类掩盖情感行为的心理学等理论。于是人类的情感变成了既无比丰富，又极其复杂的东西。

当人们制造出人工智能的东西以后，起初认为自然人与机器人的重要区别之一，是机器人没有情感。但是随着人工智能技术水平的不断提高，越来越多的新款机器人，在各方面与自然人越来越相像了。如果有一天，机器人也有了自主的，与自然人一样的情感，那么到最后，人与机器的区别可能也就消失了。

12. 西藏之旅首日有感

　　二三十年前从加拿大回到香港工作时，办公室有一个英国同事提起他二十多岁时，去过西藏旅游。从那时起，我就时不时地想到西藏去看看，包括有几次认真考虑了，是否应该争取到西藏出差的机会。但是由于各种原因，包括对高原反应的恐惧，一直拖着没有成行。这次终于下决心来了，了结一个心愿，以免以后身体状况越来越走下坡路，可能真的越来越不能来了。希望我们这次 10 天的西藏之旅平安、顺利。

　　我拼凑了下面这首小诗作为纪念：

　　　　高山仰止世之巅，低首膜拜佛界天。

　　　　西域风情呈异境，壮丽山水傲人间。

　　　　老来忌发少年狂，谨言慎行莫争先。

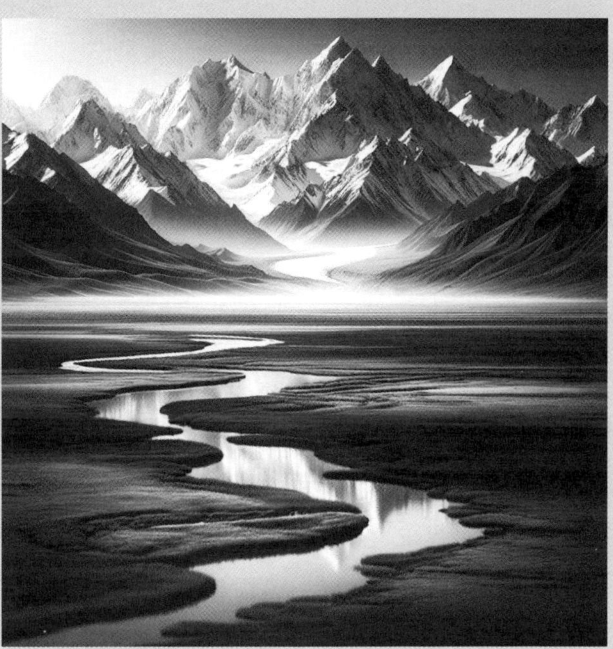

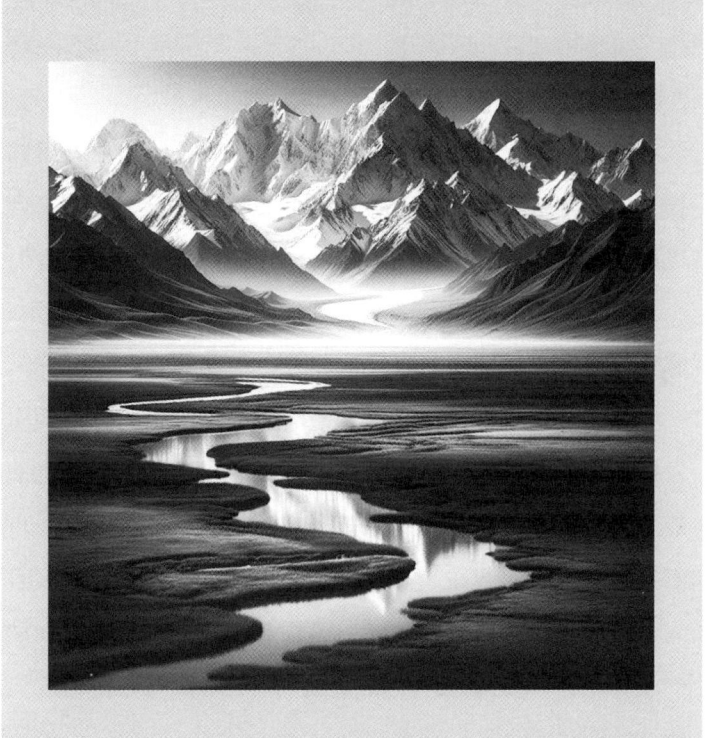

13.关于自然灾害

地球上经常发生各种各样的可以导致严重生命和财物损害的自然灾害,比如人们惯常会想到的地震、海啸、台风、洪涝、火山喷发,也包括干旱、高温、低温、寒潮、山洪、龙卷风、冰雹、霜冻、暴雨、暴雪、冻雨、酸雨、雾霾、滑坡、泥石流、沙尘暴、浮尘、扬沙、雷电,等等。

很多时候,自然灾害是由于一些自然因素的变化而引发的。但是在人类具备了比较大的改变自然界现有状态的能力之后,人为影响有时也成了自然灾害的重要原因。自然灾害的起因可以说得很复杂,也可以说得非常简单。有人夸张地说,亚马孙河流域热带雨林中一只蝴蝶轻轻扇动一下翅膀,在足够的时间之后,也可能会在遥远的国度造成一场飓风。

在过去的一二百年里,人类有了越来越精密、复杂和庞大的发明创造,可以上天、入海,实现了很多人类过去的幻想。因此人类也越来越对战胜自然的能力有了与日俱增的自信。人类确实也做了很多的努力,防范和减轻自然灾害的危害。但是一旦发生严重的自然灾害,人类个体和

13.关于自然灾害

整体的脆弱性,就会一下子暴露无遗,使人认识到其在自然界面前,依旧非常渺小。

世界上有的地方,显然属于某些自然灾害频发的区域。但是发生灾害后,人们忙乱一段时间,等平复过后,又会迅速忘记过去,而重新在那里开始一切,直到下一次的自然灾害重发,如此周而复始。除非当地自然灾害真的摧毁了人们的一切希望,而使得人们流落他乡,否则人们会基于故土难离的心态而循环往复下去。

人类发现,在自然灾害发生之前,自然界会有各种各样的异常现象发生,包括一些动物,比如鸟类等也会有异常的活动表现,似乎它们已经有所预觉,而人类往往是事先茫然无知无觉的。

对于自然灾害的起因,除了现代科学的解释,人类一直有各种各样的神话性质的解释。人类在自然因素引起的灾害面前,会不由自主地慨叹和敬畏于所谓的匪夷所思的神秘威力。人们对于未知世界的奇思怪想,可以是完全没有边界的。就其他动物或生物而言,其情其理也都是一样的。比如说土丘旁的一组蚁群,当它们热火朝天地忙于其日常生活的时候,如果突然被一个急不择地、被尿憋坏了的小孩一泡尿冲得七零八落、死伤遍地,它们对那种"神"力的恐惧也会是无与伦比的。

当发生自然灾害的时候,有的人会怨天尤人,有的人则会奋力自救、救人。自然灾害作为一个确定无疑的坏事，有时竟然也有意想不到的好的方面。比如说，本来关系不好的人之间，包括相互有矛盾的国家之间，当一方发生自然灾害的时候，另一方可能会伸出援助之手，提供一些帮助。因此可能会化解相互之间原来的怨恨，使得大家重归于好。

人类应该学会在符合自然规律的前提下，尽量科学地与大自然和谐共生，那样即使不能保证让所有自然灾害消失，至少可以在可控范围内，将自然灾害的种类和数量及其负面影响降到最低。

14.人少物盛，无喧成仙
——林芝游记

为了有一个适应高原环境的过程，我们夫妇俩这次的西藏之行，是先飞到平均海拔三千来米，号称雪域江南的林芝。根据有关数据，林芝市区其实海拔还不到三千米，但是加上酒店房间的十几层楼，应该就超过三千米了。

我们参加的旅行团，只有我们俩选择了这个慢慢适应的行程。这头三天，我们开启了独享一个司机、一个导游的自由行模式，游玩了林芝及其附近的鲁朗、巴松措等景点，并经受住了短时间、高海拔的考验。三天后就和港澳台地区刚到西藏的十个人，在拉萨合并成一个更大的旅行团，开启后面的行程了。

我写了下面这十几句诗，记录这两天在林芝的观感：

白缎棉絮铺蓝天，一抹彩虹罩山巅。

东边日出西边雨，山下葱郁山上干。

云雾蒸腾群峰隐，河流湍急向天边。

格桑烂漫五彩堤，偶有蝶鸥飞翩跹。

三一八号通天路，车流绵延不畏艰。

人迹稀少他物盛，不见喧嚣自成仙。

15.孝顺问题

在无脊椎动物中，除了蚂蚁、蜜蜂等几种很少的社会性昆虫外，大部分都是不抚育后代的，比如鱼类等动物。有人认为那些都属于低等动物，并认为那是它们在自然进化中赖以延续的弱者的生存策略，即由于它们无论年幼还是成年，都随时随地有被消灭的危险，所以其种族就大量繁殖（有的一次就能生育几百上千、成千上万甚至更多），然后就不管不顾，任凭后代在出生后自生自灭，适者生存。

而绝大多数的哺乳动物和鸟类，都是会哺育、照顾幼崽的。抚幼是它们普遍具有的传宗接代本能的一部分。

它们大多数是由直接负责生育的雌性来承担这方面的责任的，也有少数动物是由雄性来承担抚幼的工作，比如雄性企鹅要花两个月时间在不吃不喝的情况下，把企鹅蛋夹在脚尖和育雏袋之间，孵化出小企鹅；并且在小企鹅出壳后，也是父母轮流用反刍的食物喂养它们，直到幼鸟成年，能够自己去寻找食物。而海马，则是在雌性将卵子产到雄性的育儿袋后，雄性海马释放精子使那些卵子受精，然后由雄性怀孕并生育、抚养后代。还有少量的其他动物，雄性也承担很多抚育后代的工作，比如狼和绒猴。

大多数动物都是自己的孩子自己养，但是也有集体抚育后代的，比如蜂、蚁、狒狒、大熊猫和狮子等动物，都会有集体育儿的行为。

动物抚育后辈的时间通常都不长，幼崽有了自食其力的本事，就会主动或被动地自谋生路去了。比较例外的，是与人类看上去很像的猩猩，据说它们照顾孩子的时间可以长达7年。

自然界中的动物，即使幼崽是被先辈抚育的，一旦成年独立了，相互就不再有特殊的关系了。因此，除了群居动物中有少量的老弱者得以在群体生活中得到一些残羹剩饭之外，基本是没有晚辈为它们养老的现象的。极端的情况是，甚至有种"宽足袋鼩"，雄性在交配完毕之后就会直接死亡，根本不存在被后辈赡养的前提。

而人类在抚育后代方面，是很尽心尽力的，会照顾后代很多年。甚至在子女成年后，特别是现在，仍然会出现很多的"巨婴"现象，以及"啃老一族"。

人类抚育后代的工作，一直以来通常都是由母亲担任的，但是现在也开始出现"奶爸"现象，由父亲主要承担抚育后代方面的责任。

"孝顺"是在前辈与后辈的关系这方面，人类创造出的强化后辈养老观念的，是与其他动物有最大区别的人类道德概念。东方民族尤其是中国，长期以来依靠这种观念，维系着其群体中老人的物理上的生存和精神情感方面的需求。不过随着科学技术的发展和进步，人际交往越来越少，后辈对前辈的孝顺的观念也有可能越来越淡，而当社会、国家越来越多地承担起照顾老人的责任之后，这种观念存在的必要性似乎也降低了。其实，人类是有感情的动物，建立在血缘之上的前后辈关系，如果有足够的感情交往来维系，其效果比道德观念的约束应该会更好。

16.人与其他动物的关系

地球上有 150 多万种动物,其中有的单一品种的动物就占全部动物数量中很高的比例。但是高数量的小动物,日常被轻易地消灭的规模,也是巨大的。比如说,超大型的动物蓝鲸,一次吞食,据说就可以消灭掉磷虾 200 万只。

有的不同种类的动物之间,可能会有多种不同程度的依赖关系。其中最常见的有两种,一种是捕食者与被捕食者之间的关系,另一种是不同种类的动物为了各自的生存而争夺食物或生存空间等资源的竞争关系。在捕食者与被捕食者关系中,除了弱者被强者当成食物彻底消灭这种明显的形式之外,还有彻底的寄生者与宿主之间的那种关系。尽管在后一种关系中,寄生者也是从宿主身上获得食物,但是在寄生关系中,宿主并不会被消灭,或者至少不会被立即消灭。

除了上面说的这两种关系之外,不同种类的动物们,通常就会老死不相往来,不会发生什么相互之间的关系了。但是人是例外。

人是可能主动、有意识地与所有动物发生某种联系的。

16.人与其他动物的关系

随着人类掌握了制造技术之后,他们彻底摆脱了捕食者与被捕食者动物之间,完全依靠体力决定地位的局限。尽管人类凭其体力可能不是很多动物的对手,当人类赤手空拳面对猛兽时,可能会被对方严重伤害,甚至成为其食物,但是现在人类凭借其制造出的工具,已经能够征服地球上的许多动物了。

人类与动物之间最早的关系,其实也只是简单的捕食者与被捕食者的关系,以及食物或生存空间等资源的竞争关系。

其他动物捕食猎物,当时吃不完,应该也有留存的,有的甚至也会将吃剩的食物藏起来,包括埋藏在地下,留待后用。但是人类应该是唯一知道将多余的活体动物留存,以待后用,乃至后来还发展到圈养可食用的动物,以及在圈养下让动物繁殖,为人类长期供应肉食。

人类应该也是唯一除了把其他动物当食物之外,还把其他动物当工具或宠物使用的。

首先是把它们当成工具使用,比如说将牛等用于农田耕地,将马、骆驼、大象等用于运输,将狗用于看家,将猫用于抓老鼠,将猎狗等用于捕猎其他动物,以及将鱼鹰用于捕鱼,等等,不一而足。随着人类科学技术的进步,其他动物作为物理工具使用的功能,越来越可以被人类发明的机器所取代了。

43

随着人类相互之间的独立性越来越强,被豢养的动物的另一项功能,却越来越明显了,那就是宠物对其主人提供的情感安慰。随着人类解决温饱能力的增强,豢养宠物变成了一种越来越普遍的现象。有的人对其所养的狗或猫等宠物会产生非常深厚的感情,直接将其当成家人一样(类似于父母子女的关系),甚至有的会凌驾于家人关系之上。

人们饲养的动物种类也越来越五花八门,除了常见的猫、狗、鱼、兔之类,小的还有乌龟、寄居蟹、蜗牛、变色龙、蜥蜴、蜘蛛、蝈蝈、青蛙、刺猬,大一点的还有茶杯猪、雪貂、耳廓狐、茶杯犬、迷你驴、毛丝鼠、狨猴、小羊驼、龙猫,甚至还有更大的狮、虎之类的。

在人类的豢养之下,通常动物们都会是比较温和的,可以与主人友好相处。但是在人们忘乎所以时,又遇上原本有凶恶本性的动物,尤其是原本的猛兽,突然失去被驯养出的温顺的时候,也有伤害乃至严重伤害主人的情况。

也许不同种类的动物之间,包括人类与其他动物之间,保持一定的界限,是最符合各自利益的。

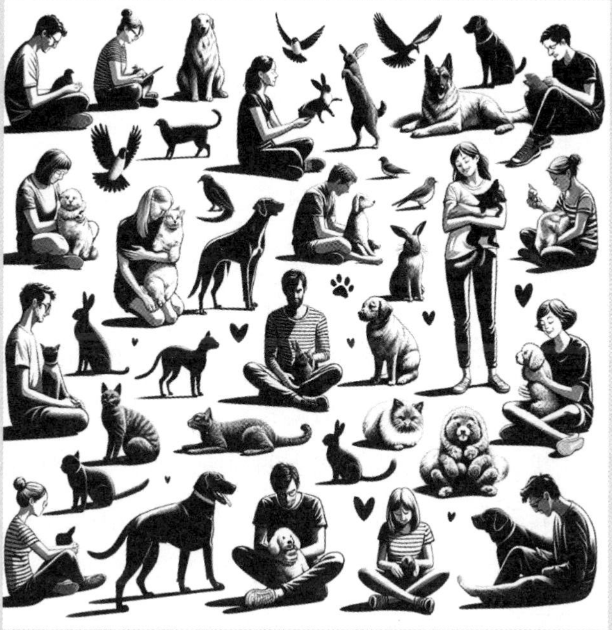

17.俗人一世忙奔波，高僧终身静修禅
——珠峰大本营游记

到达西藏后的第六天，我们去了位于后藏的海拔5200米的珠峰大本营，并在那里住了一夜。

前往珠峰大本营的沿途风光，基本上与去西藏的其他景点差不多。只是经济上后藏比前藏落后一些，当地有人居住的地方，包括城市，其人工环境条件应该仍然比其他地方落后二三十年，比如说很少有可以供游客使用的厕所。在某个县城办理旅游手续时，我们就曾经花了几十分钟时间，才找到一个我们可以去上的厕所。而且大多数厕所的条件极其简陋，比如是周围的气味很难闻的蹲坑干厕。我们还遇到过，在路过的一个非主要景点，厕所让所有人都觉得无从下脚。不过在前藏像林芝那样的地方，则几乎与现在的其他三四线城市差不多，比较现代化了。但是无论前藏还是后藏，其没有人参与的自然景观，都是壮丽无比的。

前往西藏自然景观所在的地方，基本上车子所行的道路两侧，都有高大的群山一直绵延向前。通常都是在第一

17.俗人一世忙奔波，高僧终身静修禅——珠峰大本营游记

层群山的后面，远远地坐落着山顶甚至山腰仍然覆盖着厚厚白雪的雪山，有时在云雾中忽隐忽现。令人印象深刻的是，一般沿途都会有非常辽阔的视野。天空飘浮着大片大片的云朵，有的在阳光照耀下洁白如银，有的呈灰色甚至黑色，应该是下面正下着或大或小的雨。在山中间和山脚处，因为自然条件或人工作用而能够留住水分的地方，就会出现青苔、草丛，或者出现灌木丛，甚至出现一些树木、森林。而那些高高的群山的上半部，也就相应地表现为光秃秃的贫瘠黄土和灰土山，或者是破碎得七零八落的岩石及其残体断片，有时也会有险峻的峭壁。左右两侧群山之间，一般都比较平坦，有时也有一些起伏；而之间的距离，有的比较狭窄，有的则有非常大的广阔区域，包括草原、村落甚至城镇。山上都有雨水和雪水冲刷出的一道道沟壑，而其能够流下的水源，都汇入两侧群山之间的河流。河流则有时浑浊，有时清澈；或者只是浅浅的水流在鹅卵石、沙石或淤泥上慢慢流过；或者是滚滚的湍流急冲直下；或者是聚集成大片的水域甚至湖泊，深水缓流。车子所走的路，都是在两侧群山的左侧或右侧，有时甚至在中间，一般都是与河流同向的；或是很现代的柏油马路或水泥路，或是需要修整的老式山路。偶尔，也许是为了避免绕道，会出现翻山越岭的公路，比如去珠峰大本营路上的"一百零八弯"。

47

接近珠峰大本营时，远远就看见两侧的群山在前方逐渐靠近，然后在正前方的巨大空隙处，呈现出在更远的地方巍然矗立的珠穆朗玛峰及其下面的雪山群。我们到那里时，运气很好，有蓝天、白云和灿烂的阳光。尽管有若干条云带或上或下地飘浮着，珠穆朗玛峰大片的雪山仍然在阳光的照耀下散发出银色的光芒。雪山上也有片片的黑色部分，那显然是露出的山岩。整个景观，使得游客们不断发出不虚此行的赞叹声。延续向前几千米长的观景区域，有大群的游客在忙着拍照、打卡。

据说珠峰大本营高峰期每天的游客量有四千多人。而大本营的帐篷，则大概只能容纳几百人，所以不能住宿的游客，在太阳落山后就陆续下山了。那里总共有五六十个长方形的大帐篷，每个大概三十平方米。帐篷里面基本上都是男女混住的大通铺，可以住十多个人。我们住的帐篷则是例外，是在大帐篷里，又分设六个三角形的小帐篷，每个小帐篷一般住两个同来的人。

由于海拔比较高，而且加上住宿总共要在那里待十几个小时，因此在珠峰大本营住宿的行程，是西藏旅行中最危险的行程。我们住的那个晚上，就有一个42岁的女游客在珠峰大本营因为严重高原反应而不治身亡了。所以到珠峰大本营的，基本都是二三十岁的年轻人，以及少量三四十岁的人。我们夫妇俩在那里，显然是扎眼的老人。

17. 俗人一世忙奔波，高僧终身静修禅——珠峰大本营游记

当时就曾经有一对二十来岁的小情侣与我们搭话，问了我们的年龄后，请求与我们合影，说是要回家后给他们家中与我们差不多年龄的父母看，将我们当作鼓励他们父母的榜样。

尽管很多人有比较严重的高原反应，但是晚上仍然有很多年轻人参加野外的高原蹦迪，彰显着年轻人的勇敢和无畏。

后半夜4点钟我到帐篷外，发现我们没有额外的运气，没有看到传说中有时会出现的满天星斗。

我写了下面这首小诗，纪念珠峰大本营之行：

雄伟群山远环绕，清浊一河近绵延。
山高顿显万物渺，河长慢润绿植繁。
左右观景千里客，上下盘旋百道弯。
群山会合中留缝，珠峰耸立呈眼前。
云雾飘浮分层次，阳光照耀驱雪寒。
高峻凶险召英雄，坦荡开阔容平凡。
满足好奇人贪念，得偿夙愿心释然。
俗人一世忙奔波，高僧终身静修禅。

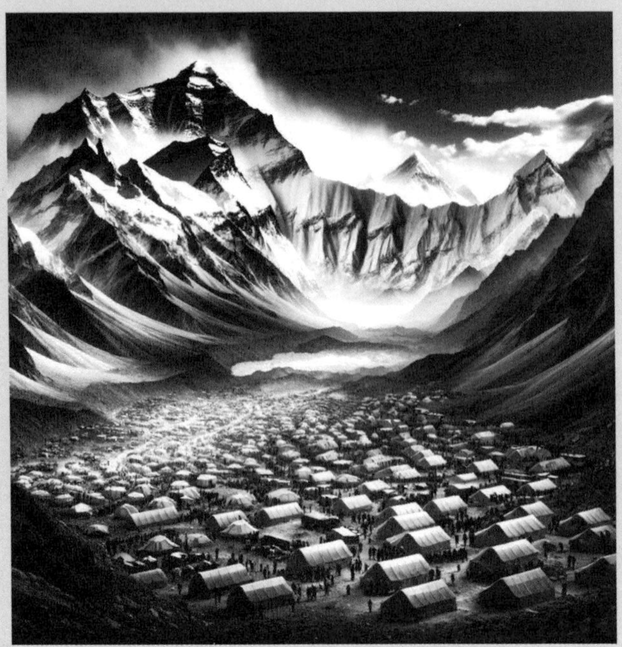

18.人的自信

不同的人,表现为各种不同的性格。有的人看上去充满阳光,意气风发;有的人看上去谦谦君子,温文尔雅;而有的人则看上去唯唯诺诺,谨小慎微。

通常人们认为表现得积极正面的人,是因为其内心中充满了自信;而表现得被动负面的人,则是因为其内心中缺乏自信和安全感。其实人是一种非常复杂的动物,而且是一种会通过后天训练掩盖其真实想法甚至心情和性情的动物。所以仅仅看人的外部表现,有时是并不准确的。

有的人从小是内心非常拘谨的人,可是后来却因为主观的努力或客观的机会,促使其最后变成在大庭广众之下可以侃侃而谈的大演说家。有的人早年看起来,似乎很可能叱咤风云,但是后来却因为缺乏机遇、生活窘迫,慢慢变成了胆小如鼠的社会边缘人。有的人本身已经是非常著名的喜剧演员和表演大家,似乎在任何场合都可以驾驭成百上千甚至上万或更多的观众,可是私下里却承认,自己其实非常内敛,甚至有的人有非常严重的抑郁、社恐等问题。有的人平时看上去仅仅是芸芸众生之一,但是在特定情况下却能做出惊天动地的事情来。

大多数人随着年龄的增长和阅历的增加，会逐渐培养出社会期待的修养，不会咄咄逼人或随时随地表现得张狂和目中无人。但是在任何地方、任何时候，人们总是会偏爱那些表现自信的人。因此，表现得自信，也是很多人努力的方向；很多人也因此而得到社会上的各种实惠。所以抓住一切机会表现自己，也成了很多人的习惯。而那些不能越过其内心的门槛而总是不由自主地表现收敛的人，则往往会在心中或私下表示对那些夸夸其谈者的鄙视。

不过有一点，人类是有共性的，那就是其实每个人内心中，都会有一种深深的自信，只是有的人会轻易地表现出来，有的人则会将其掩盖得深一些。而这种内心中的深度自信，却往往是远远高于其真实情况的。人们至少在很小的范围内吐露心迹的时候，或者是在独处自思的时候，不管过去成就如何，往往都会认为自己可以在将来做成一些其自认为的大事或更大的事，而且这种想法不受年龄的限制。即使一个一事无成的中年人，甚至老年人，往往其内心中还会有那样的幻想，认为如果机缘巧合，命运给其一个特殊的机会，其自身会引导身边的一切可能发生翻天覆地的变化。很多情况下，这种内心深处的自信，事实上在外人客观地看来，根本没有什么现实的基础，因此是很荒唐、滑稽可笑的。

18.人的自信

但是人们这种高于其真实状况的自信,其实是一股非常重要的力量,它推动着由个人组成的人类整体不断进步,达到其现有的阶段,并会持续推动人类进步到今后的更高程度。就每个个人而言,这其实就是人们早就已经总结出来的人生经验,即所谓的"求其上者,得其中;求其中者,得其下;求其下者,无所得也"。所有人都有高于其现实的自信,人类也就有了更高的追求,因而可能取得更大的进步和发展。

19. 西藏旅游经验分享

西藏的神秘，包括其对于生活在低海拔地区的人来说难以适应的高海拔环境；美得令人窒息的高山、雪峰、蓝天、白云、河流、草原和绿洲；以及那些湛蓝如碧，或清澈多彩，或辽阔似海的高原圣湖。在雄伟的山水和辽阔的视野中万物倍显渺小（我妻子就曾经把一群草原上的白羊看成了鹅，还奇怪为什么草原上突然出现了那么多鹅）。

我们夫妇俩刚刚安全、顺利地完成了 10 天的西藏之旅，实现了二三十年之前就有过的想法，觉得有一些经验可以分享给大家，供希望或准备去西藏的人参考。

我们俩去西藏时，分别超过了 60 岁和 55 岁，在去西藏旅游的人中，属于比较年长的。我们参加的行程，包括到海拔 5200 米的珠峰大本营观光，并在那里的帐篷住宿一晚。我们的经验，对想去西藏又有顾虑（主要是担心高原反应）的绝大多数人，应该是有参考价值的。

我们在确定去西藏的时候了解到，对于高原反应，除了身体上物理的条件外，心理因素也很重要。所以首先，我们基于客观事实，在战略上藐视它。我们了解到，对于一般人来说，最有可能因为高原反应出事的，是心脑血管或心肺功能有问题的人。与我们同一晚上在珠峰大本营住宿的一个42岁的女游客，当晚由于严重高原反应而不治身亡，据说就是因为她有那方面的基础疾病。而我们没有这方面的问题，所以我们相信自己应该不会出现什么大的意外。我们几星期前刚上过海拔3000多米的峨眉山，当时没有出现什么特别不舒服的感觉，也给我们增加了一些信心。

然后，很重要的，就是在战术上重视它，以便做好各种准备，包括更好的心理上的准备。网上的一些介绍中，有的说应该提前吃一些保健药物，有的又说那其实没有什么用处。为了至少在心理上多一点安慰，我们采取了宁信其有的态度，在去西藏之前11天开始吃红景天（吃了十天），然后又在临去的前一天开始吃高原安（吃了三天）。这对于我来说是很例外的情况，因为自从二十多年前读了若干本中医教科书和几十篇关于中医的正反面文章之后，我平时在医院，是会专门跟医生提前说清楚，不要给我开中药的。此外，这次我们也请医生预先开了一些治疗感冒和炎症的药物，以备不时之需。我还根据医生的推荐，买了一个简便的动脉血氧饱和度测量仪，准备随时监测血氧饱和度，以便采取因应措施。我们也想到了，万一在西藏感觉很不好，就住在供氧的酒店里不出门，甚至提前结束行程乘坐飞机回北京。

在行程的安排上，我们选择了从海拔 3000 米左右的林芝入藏，先在林芝周边旅游，等到第三天晚上才到达海拔 3650 米的拉萨，而不是像很多人那样直飞拉萨。事实证明这个选择是明智的。之前有过一个我们认识的法国年轻人，与同伴一起直飞拉萨，一下飞机这个人就严重高原反应，随即飞离西藏，后来在医院里治疗了很久。我们在林芝下飞机后，虽然当时身体也感觉有点不舒服，但是都很轻微。我发现血氧饱和度已经从在北京时测得的 99、98 降到了 80 多。根据所了解的知识，在高原上 80 多是比较正常的。后来在珠峰大本营，那个 30 来岁的藏族帐篷老板让我测他的血氧饱和度，也只有 80 多（尽管那是在更高的海拔上）。

我们当天中午入住林芝酒店后，简单地吃了点食物（我们预先得知的一个知识点是在高原不要吃太饱）。然后我们就沿着酒店不远的尼洋河（又叫"娘曲"，意为"神女的眼泪"），时而在河堤上走，时而在露出鹅卵石的干河床上走，边走边欣赏西藏常见的连绵的高山和满天的白云，以及河堤、河床上到处都是的漂亮的野花（据说在西藏，各种叫不出名的漂亮小花统称为格桑花），并拍下了一些照片。最后我们转入市区，走回了酒店。我们总共比较慢速地走了三四个小时,在美丽的景色中感觉很好。

在后面的两天里,我们游玩了林芝附近及通往拉萨路上的一些景点。在翻越一些高山及在高海拔景点短时间停留时,我们也感受到了高原反应的症状,包括头痛、头晕,眼睛发胀和发痛,脖子后面发硬,气短、胸闷、脉搏加快,但是我们感觉都不是特别严重,而且每次持续的时间都不长,等我们下到海拔低一些的地方后就缓解了。我时不时地就测一下血氧饱和度,发现海拔在3000米左右的时候,我们基本能保持在80多;到4000米左右的时候,就会降到70多,那时如果有一点运动,可能会在短时间内降到60多;然后在身体平静后又恢复到70多,或者80多。慢慢地我们觉得在80多时只是感觉有点不太舒服(到后来80多时也感觉是正常的了),而70多时,就感觉比较难受了。好在这头三天,都只是在短时间内才会出现80以下的情况。

林芝所有酒店都没有配备供氧设备。尽管当时旅行社已经给我们提供了小氧气罐,但是我们在林芝一直也没有吸氧。

从第三天入住拉萨的酒店开始,我们住的都是专门订的配备供氧设备的酒店。但是除了在珠峰大本营的帐篷里我全程吸氧了之外,在其他提供吸氧机的酒店时,我都只是偶尔吸一会儿氧,整个晚上加起来也只是吸氧几十分钟而已，尽管有时醒来会感觉有点头痛。有天早晨我还试图用自己治疗偶尔的早起头痛的方法，即打几十分钟太极来缓解头痛，可是当时好像没有奏效。

到第四天，当我们在接近海拔5000米的景点时，妻子出现恶心、呕吐，所以她在导游和旅行社配备的随车医生的强烈建议下开始吸氧。于是从那时开始，我们有时会轮流使用旅行社提供的小氧气罐吸几口氧。

关于吸氧，有不同说法。一种说法是，应该随时在身体不舒服时吸氧；另一种说法是，应该尽量少吸氧，以便让身体更快地适应高原的环境。头几天时，我们遵循的是第二种说法。我自己感觉适应了拉萨的环境，是从海拔3700多米的布达拉宫出来的路上。去布达拉宫的时候，那一千多个台阶爬得很累，每爬几步就气喘吁吁，不时还有阵阵的头痛。但是参观完布达拉宫往外、往下走时，我突然就有很舒服的神清气爽的感觉。

第六天时，加上导游的劝说，我们完全接受了第一种关于吸氧的说法。我们想通的道理是，毕竟我们总共在西藏只待10天，根本不需要慢慢适应，因为当我们适应了的时候，基本也就是要离开西藏了。至于吸氧会导致对其产生依赖性，也不用担心，因为我们即使在西藏对吸氧产生依赖，几天后离开西藏，也就失去依赖的客观基础了。随行医生也说，如果她有条件，也会在不舒服时就吸氧。

导游则说，她自己平时在拉萨的家里也会经常吸氧。因此第六天在去珠峰大本营的路上，我们就决定自己租一个较大的氧气瓶（大氧气瓶都是只租不卖）。由于平时妻子身上背的小化妆包都会因为嫌重而转移到我的肩上，所以我们租的是一个由我一个人背的六公斤的碳纤维氧气瓶，它比固定在房间里的钢氧气瓶轻很多，但是价格更贵。氧气瓶上安上一个分岔装置，可以连上两个呼吸器，供我们两个人使用。自从使用上这个氧气瓶之后，我们确实产生了对吸氧的依赖。只要到达海拔4000米及以上的高度，血氧饱和度因此而低于80，明显感觉到高原反应了，我们就会马上吸氧。在珠峰大本营走动时，我们更是几乎全程带着它吸氧（除了偶尔照相时取下，或者上厕所时妻子摘下呼吸器）。租我们那样的背着的、较大的氧气瓶的人好像不多，于是我们俩就成了一个小小的风景点：无论走到哪里，都是我一人背着很大的一个氧气瓶，我们俩像连体人一样，被那个分岔装置连在一起，紧紧地靠在一起行动。

我们夫妇俩加上一个香港人、九个台湾人组成的十二人旅行团，到最后大家都或多或少地吸了氧，包括使用旅行社在车上配备的免费医用氧。司机和导游也都会在高海拔时吸氧。年轻的导游还说，她在珠峰大本营那晚，在感觉不舒服时，吃了速效救心丸。我们在珠峰大本营帐篷住宿时，吸的则是连同帐篷一起提供的钢氧气瓶的氧。但是

59

最后两天住拉萨时，只要没有特别费力的活动，我们基本就感觉不到那里 3600 多米的海拔与北京的区别了，所以就不吸氧了。

关于去西藏还有一个好的建议，就是尽量多带厚实暖和一点的衣服。有一种说法是，西藏只有两个季节，一个是冬季，另一个是大约在冬季。大概是因为，即使在夏天，旅途上也会时远时近地看到雪山上银色的白雪。尤其是在海拔高的地方，风雨中，温度还是很低的。我们因此带了卫生裤和轻便羽绒服。不过我们运气比较好，整个的 10 天行程中，基本都是晴天，偶尔在行车途中下过一点雨。

这几年网上有很多讲述攀登珠穆朗玛峰，类似登山英雄人物的各种故事。其实攀登珠穆朗玛峰这样的事，是非常小众的。据说到目前为止，全世界只有大约 4000 来人完成过那样的壮举，而在中国，要攀登珠穆朗玛峰，现在大约需要花费 50 万元人民币才行。据导游说，有的号称登上珠穆朗玛峰的人物，其实是吸着氧被做登山向导的夏尔巴人抬上去的。普通游客去西藏，还是小心谨慎为好，通常都是以珠峰大本营为极限，有的游客则只参加不包括珠峰大本营的行程。

在西藏旅游也有一些道路上的风险。我们离开林芝后没几天，就听说有人在我们刚刚走过的林芝那边比较险峻的 318 国道上，发生了车子翻下悬崖，数人伤亡的事故。

避免剧烈运动也是非常重要的。导游就说过，曾经有新婚夫妇去西藏度蜜月，结果男的就因为没有吸氧而死在了西藏的酒店房间里。

在西藏旅行过程中，我们就决定了，以后不再冒着明显的风险旅行了，甚至任何可能会感觉受罪的旅行，以后都不再参加了。

20.保养与长寿

人们达到基本的温饱水平之后,就会有保养身体的想法。

最简单的是尽量多吃"好"的东西,这属于比较原始的方法,一方面充分满足口腹之欲,另一方面为身体多加储蓄,以备以后的不时之需。但是如果之后一直处于饮食供过于求的状态,则身体就会不胜负荷,吸收不了额外的东西,反而会对健康不利。

健康长寿,一直是大多数人的追求。甚至长生不老,也一直是一部分人的长期向往。想走捷径的,就幻想着找到或熬炼,或用其他方法制造出仙丹灵药,以图一步登天。

相信需要依靠长期积累的人,从很早的时候起,就发明了各种各样保养身体,甚至各种所谓的修炼的方法和理论。它们往往都能自圆其说,并能够在一定程度上显示其卓有成效的一面。

但是人体还真是一个很有意思的综合物,需要各种主客观因素综合的作用,最后才能够达到一种状态。某些因素在某些情况下会起一些作用,但是在另一些情况下,可能就会起另一些作用，或者不起任何作用。最极端的例子，是中国古人说的一个故事：有人保养、修炼得身体非常健康，不受岁月的侵蚀，本应苍老的皮肤柔润如婴儿。可是不幸有猛虎来袭，整个人成了人家的一顿（可能数顿）美餐。

所以，以为一种或几种方法就可以保证人体达到完美状态，并一定有好的结果，其实是不靠谱的。人的任何一个主客观状态，其实都是其所遇到的各种各样主客观因素的综合作用的结果。

人们应该在知道自己的一切努力，都有可能被不可抗力简单地划归于零的思想前提下，形成在这方面的正确态度和做法。也就是说，人们应该知道，他们的一切努力，都是有限的。他们能做的，只能是在有限的情况下，尽量追求比较好的结果。简单地说，在这方面，也与其他很多方面一样，人生没有最好，只有较好。

所以除了那些虚幻的、不合一般常识的怪异方法外，人类长期观察积累，尤其是有了科学方法予以检验之后形成或巩固的一些有益于身体健康的保养方法，还是值得实行和坚持的。这包括比较规律的作息习惯，营养均衡的进食，适当的活动和运动，以及正面开朗的心情和精神状态，等等。

这些内容说起来可以轻描淡写，听上去似乎也很简单容易，但是要长期、全面地坚持实行下去，其实是很难的。能做好这些，其实不亚于传说中的修炼。现在的人无时无刻不被外界的有形无形、线上线下的一切所诱惑，真正能够做到上面所说的那样的人，其实很少。而如果一个人真能做到那一切，在相对近似的情况下，就有更大可能获得好的健康和长寿的机会。人们不能期待有一方治百病的灵丹妙药，同时还需要用谨慎的态度对待身边发生的一切，以应对外界或各种因素的变化。

至于长生不老，至少基于目前的科学技术程度，人类还距离它很遥远。在今后很长的时间里，它可能依旧只会是人类的一个一直延续下去的古老梦想。

21.单纯的人生
——有感于西藏牧民的生活

在西藏不同自然景观地点穿梭旅行期间,令我深有感触的一点,是当地的牧民简单、纯粹的生活。据说那些牧民基本都是虔诚的教徒,一辈子很辛苦,但是并不积攒钱财。他们平时除了供奉寺庙的僧侣,其他剩余的财富会变换成金银珠宝穿戴在身上,最后基本也都捐献给寺庙。所以西藏的寺庙里有很多金银珠宝,包括一些价值连城的稀世珍品。当然,西藏牧民的劳动,也主要是看管牛羊,而后者除了睡觉、休息,唯一的事情就是不停地吃草。我因此写了下面这几句打油诗:

大千世界各色人,有人复杂有人纯。

复杂终身忙算计,单纯一辈不折腾。

更有牛羊最简单,睁眼只为食不停。

尘世如同一场梦,何必劳心又费神?

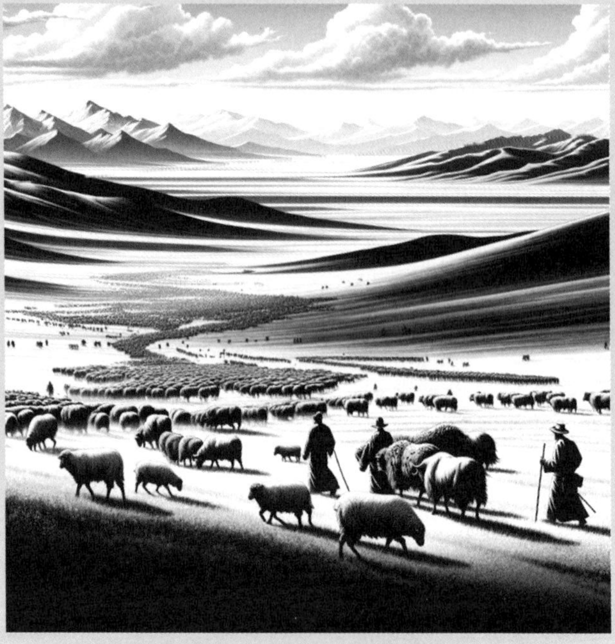

22.婚姻

婚姻是人类为其生物本能所发明的复杂制度。

其实人类早期实行的，应该也是至今在其他动物种群中仍然盛行的，为了保障种族能够将最优基因流传下去，以便在弱肉强食的自然界生存繁衍而形成的绝对独占制度，即整个可控范围的种族传宗接代的任务，由最强最壮的那一位承担。在那种情况下的"婚姻"制度，也就是只允许"特定个体结婚"，而其结婚仪式，就是一场你死我活的战斗。一旦年老力衰，就会有后起之秀取而代之。

人类应该是在后来才发现，除了体力上的强壮之外，每个人可能都是各有优势的。智力上、性格上、技能上的某些特点，甚至可以比体力上的强壮更重要。因此为了保证人类能遗传下各种各样的优势和能力，传宗接代的任务就扁平化分配了，也许那就是每个人都可以结婚生子的婚姻制度形成的原因之一。

为了保证人类往下遗传有优势的基因，在其婚姻制度形成过程中，产生了一些基本的条件要求，只有能够符合这些基本条件,证明其具备人类的一些基本优势(包括拥有财富)的,才能顺利结婚。

人类内部不同种族之间,其实从一开始在婚姻制度方面就没有什么特别的限制,因此不同种族之间的通婚是由来已久的。

婚姻制度作为人类社会制度的一个重要方面,人类很早就开始利用它实现一定的政治和社会目的。比如说,不同部落和国家之间,可能就会通过婚嫁联姻化解矛盾甚至战争,形成同盟,共同对抗敌人,因此也会促进不同民族之间的交流和沟通及共同发展。

应该至少有部分原因是为了延续其强者优先的传统,人类过去有过一些一夫多妻或者一妻多夫的制度,甚至有过称皇称帝的人,出现三宫六院七十二嫔妃,以及后宫佳丽三千的现象,但是最普遍的还是一夫一妻制度。

文学家们给婚姻制度加入过浪漫甚至宿命的色彩,形成了关于姻缘的说法,并且又编出了良缘和孽缘的故事。

在现代婚姻制度中,传统的一直是男性在外劳作挣钱,女性在家养老抚幼。但是随着社会的进步和发展,尤其是女性意识的觉醒,男女社会分工的界限模糊了,以至于到了后来,所有男性能做的事,女性也都能做了。从婚姻制度的角度来说,这种社会发展可能带来的副作用就是,稳定和维护婚姻的因素少了。

22.婚姻

就现代人的具体个案而言,能长期维持的婚姻已经越来越少了。有一个故事说,在一对白发苍苍的老夫妻庆祝结婚纪念日的宴会上,有人问老人是怎样维持长期婚姻的。老人说有一字真言秘诀。在反复追问下,老人展示了写在手心中的"忍"字。

如果仅仅理解为"忍耐",这似乎是负面的、贬义的。但是如果理解为"忍让",它其实可以是很正面的、褒义的,是婚姻关系的一个重要维系因素。两个不同的个体,要长期捆绑在一起共同生活,会发生生活理念、习惯等各方面的不一致和冲突,必须有至少一方充分忍让,才有可能维持下去。而忍让可能是基于不同的原因,包括经济上的依赖、恩情、感情等各种因素。如果连一方都不想忍让了,那么解体就会是必然的结果。

很多人认为,在婚姻中,两个个体的共性可能很重要。确实,能有很多共性也许是婚姻存续的重要基础,但是并不是共性越多越好,有时两个人在某些方面的差异(甚至截然相反),恰恰可能会是维系其婚姻的重要因素。比如说在性格、为人及处世态度和方法方面,如果完全相同,可能反而会形成针锋相对或难以协调的局面,但是如果在某些方面截然相反,反而可能会形成天然的融洽。

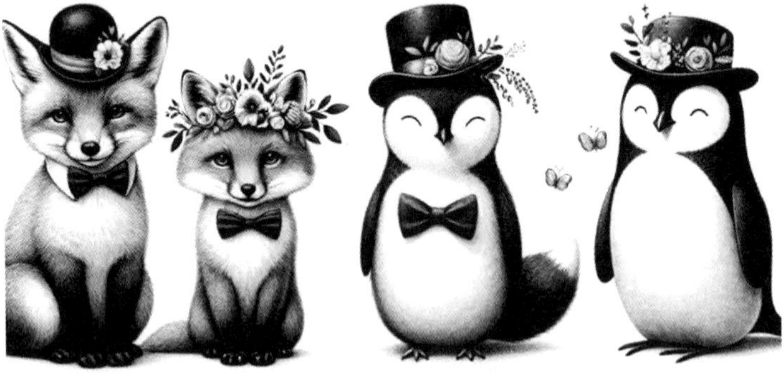

23.世间本无十全地，随遇而安心自宁
——西藏归来有感

在西藏旅游，当游客们陶醉于当地壮丽的景色而产生流连忘返的感觉的时候，又往往会遗憾于当地的高海拔给身体带来的不适感提醒人们"此非久留之地"，因此很难产生乐不思蜀的想法。走背运的人还可能会因为高原反应而受到伤害，甚至在极端情况下可能会命丧黄泉。导游也说，尽管西藏很美，但是对于绝大多数游客来说，来过之后都会因为高原反应而不想再来了，因此跟游客们分别时，通常都不会像在其他地方那样说"欢迎以后再来"，甚至连"再见"这样的话也不说。

但是当地的藏族人民，却能够安居乐业。

其实广而言之，其他很多地方也是如此：即使可能是在外人看来极其难以忍受的客观条件，当地人也仍然能够将一切接受，认为理所当然，而泰然自若地在那里繁衍生息。事实上西藏现在也有很多其他地方的人，在那里辛苦打拼，希望趁年轻时多挣点比在老家容易挣的钱。但是很多人年纪大了后就会回到老家，而且年轻夫妇也会考虑高

海拔对身体的影响,而把幼小的子女送回老家,由老人在老家帮忙抚养。

在客观条件对人的身体没有严重影响的其他地方,因为各种原因而离家在外的人,有的最终会返乡,叶落归根,有的则可能就在外地落地生根了。我因此对留守故土和离家漂流的世间众生相有所感慨:

> 一方水土一方人,土人家园外人坟。
> 各人均有一片天,水土适应得平衡。
> 远方有灵招游子,迟早短长上路程。
> 前途渺茫无定所,回首障目有森林。
> 一代生根后代定,他乡便有故乡情。
> 世间本无十全地,随遇而安心自宁。

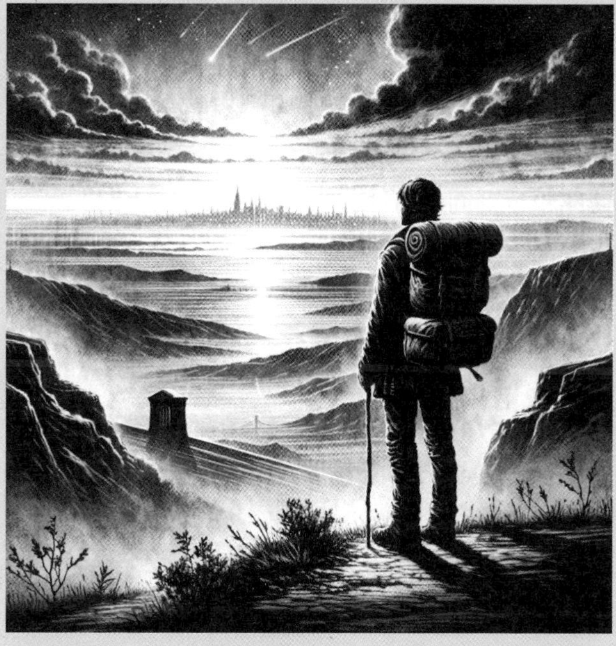

24.人类的繁衍

地球上的众多生物,有各种各样的繁衍模式。从植物界常见的开花,然后通过最常见的风媒或虫媒,完成自花传粉(雄蕊的花粉传到同一朵花上),或异花传粉(一朵花的花粉传到同一植株或不同植株的另一朵花上),最后结籽、再生;到动物界的雌雄结合,创造出新的生命。无论是植物界还是动物界,都有所谓无性繁殖的例外,即无须雌雄结合,就可以繁衍后代,包括植物界的土豆、绿藻、香菇和木耳等,以及动物界的黑鳍鲨、科莫多龙、水母和蚜虫等。

动物界有很多与繁衍后代相关的壮举,包括有的动物(比如雄蜂)完成了传宗接代任务后就一命呜呼;有的动物(比如红背蜘蛛)甚至会贡献出自己的躯体给与其交配的雌性,作为给后者孕育后代提供营养的食物;有的(比如大马哈鱼)会不远万里从所漂泊的远海,游回出生地去生出后代,然后就告别世界。

大多数动物是由雌性承担抚育后代的主要责任,但也有在雌性生出后代后,由雄性完全接管抚育重任的案例。

24. 人类的繁衍

在自然界里，有的动物一生下来就能行走自如，具备基本生存能力；有的动物则需要被父母无私喂养很长时间，才能自食其力。大多数动物幼崽长到一定阶段，就会主动或被动地离开父母，独自去创造自己的未来。

人类在早期和原始状态下，除了父母提供基本喂养和保护外，可能会在很大程度上，幼儿们要靠其自身能力决定其生死。因此早年人类的婴儿死亡率是非常高的。现代社会里，尤其是有了科学的昌明与医学的进步后，人类对幼儿的保护越来越充分。

其实自然界的很多事情是可以自我平衡的。人类的人口也是如此。人类的现代发展证明，当经济发展到一定程度时，人们的兴趣转移了，很多人对繁衍后代不感兴趣了。因此近几十年里，越来越多地出现了，越是经济发达的地方，人们结婚的现象就越来越少，而且结了婚的，生孩子的也越来越少。由此出现了一种新的担忧，即人类可能最后会因为人口逆增长而出现不可收拾的局面。

现在，即使发达地区和人群有人口逆增长的现象，但是总体来说，还是可以由非发达地区和人群的人口正增长予以弥补。通过一些移民等人口流动措施，短期内应该还不是大问题。当然，人类未雨绸缪，早发现问题，早做预防及变通安排，也是应该的。但愿人类有足够的智慧，能实现其自身的平衡，在宇宙中长期地繁衍下去。

25.自古名利归官家，偶有圣贤出草堂
——游武侯祠、杜甫草堂小记

我们这次为了当晚赶到重庆去坐三峡游轮，同一天跑了武侯祠和杜甫草堂两个地方。

早上到武侯祠那里时，还没有开门。得知那里有免费区域和收费区域，于是我们便先从免费区域游览了起来。转着转着，好像我们把该看的景点都转到了，也就是说，不知道什么时候，我们稀里糊涂地转进了收费区域，而没有发现免费区域与收费区域有什么不同管控。走出收费区域大门，才发现我们等于是没买票进去的。也许是我们到得太早，在那里走动时，人家把我们当成在那里上班的工作人员了。其实我们打扮得应该很像比较典型的游客（双肩包、墨镜、遮阳帽、休闲装等）。为了避免说不清楚的麻烦，我们就没有再去补票，而是直接走了。

我们接着又去了杜甫草堂。到那里我发现它与记忆中，三十多年前那次看到的不一样了。景区应该是扩大了很多，并且呈现的是人们想象中应有的古迹的样子，包括有了真正的草堂的外貌。

25.自古名利归官家,偶有圣贤出草堂——游武侯祠、杜甫草堂小记

我写了下面四句小诗,纪念这次游览的这两个地方:

  自古名利归官家,偶有圣贤出草堂。

  兵将尸骨垫祠底,悲悯情怀日月长。

我又翻出了三十七年前,与老马同学一起(借硕士论文社会调查之机)访杜甫草堂,当时写的如下游记:

去杜甫草堂之前,以为既然叫草堂,即使现在,也应该是用茅草或稻草盖的房顶,以显示其古朴自然。可是去了之后才发现,原来是相当富丽堂皇的一群瓦房建筑。园内到处刻有各代后人称颂杜甫的诗词、对联,以及抄录的"杜诗"。虽然已是深秋时节,但是盆景园里的花木仍然呈现出一片生机盎然的景象,只有池塘中枯萎的荷花枝干表明季节的萧条。遥想杜甫当年哀叹茅屋被秋风所破的情景,不由令人产生反差下的感慨。可能只有诗圣"得广厦千万间""尽庇天下寒士"的宏大意愿,才是唯一值得后人延引为楷模的了。作《访杜甫草堂有感》如下:

  怀旧欲寻古风尚,却见草堂换新妆。

  砖瓦屋宇绕池水,亭柱堂壁雕诗章。

  几枝枯荷呈秋意,一园花木留春光。

  杜公凄情今何在?唯遗宏愿后人仿。

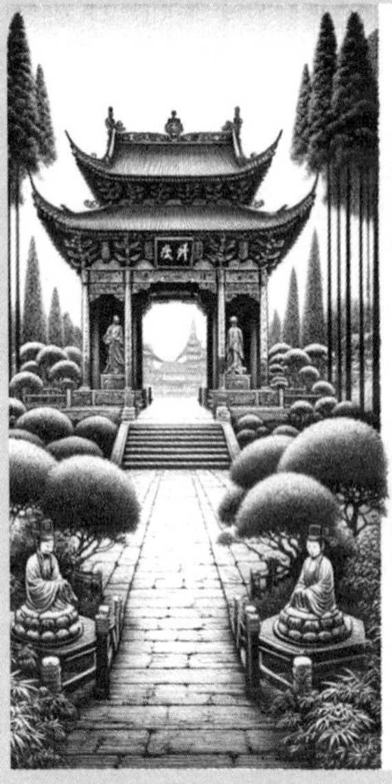

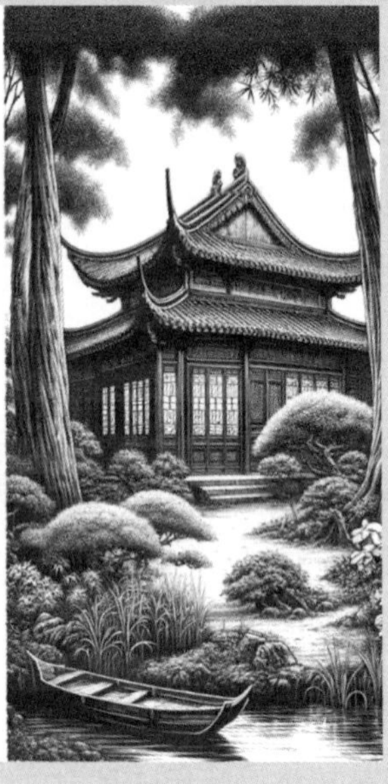

26.疾病与治疗

人类和其他生物一样,在与外界事物发生交互作用时,可能会产生伤病。

早期的人类也像其他生物一样,面对伤病,只能依靠其与生俱来的自愈能力,或者就听天由命,消极被动地承受伤病的后果,包括最坏情况下的死亡。

后来人类发现可以用一些积极主动的方法治疗伤病。于是产生了人类的古医学,通过服食药物和其他物理手段,使得伤病对人类的损害得到减轻甚至消失。其中也包括一些借助想象中的神奇力量来实现的,即"巫医"和"神医"。

直到人类发现并开始将科学的原理用于医疗之后,医学才产生了实质性的进步,人类也开始真正知其然并知其所以然地治疗各种伤病,并且还开始将医学手段用于受人类控制的其他生物的伤病治疗。

现代医学背景下不断地发明出各种各样的药物,也发明了各种各样的医疗器械。其结果是人类整体的健康状态比以前改善了很多,人类也越来越长寿了。

在现代医学执业者手下,人类这样的动物和生物,也是被当成"机器"一样对待的：有什么零件坏了，就修理什么零件，包括"打打补丁"，甚至进行"零件的替换"。而人体"零件的替换"，通常是从按现代医学标准已经死亡的其他人身上，取下仍然有用的部位所进行的移植，或者是用人工制造的"模拟部件"进行替换。

另一方面，人体器官的移植水平也在不断精进和提高，甚至已经在动物实验上，出现了头颅的移植。因此也引发重大的人伦的疑问，即如果人的思想和人格之所在的头颅被移植，那么这个躯体与头颅的结合体，是原来头颅的那个人的，还是原来躯体的那个人的呢？

人类目前对医学发展的一个自我约束，是规定一切医疗手段都必须能够通过特定组织机构的人伦审核。这保障了人类医学的有序发展。

不过随着医学的进步，人类也发现了越来越多的以前不知道的疾病。从某种意义上来说，医学与伤病是在进行着平行线上的赛跑。总的来说，人类现在真正能治好伤病的医疗手段，其实还是很有限的。在有一些伤病面前，人类仍然是一筹莫展、束手无策。

人类作为万物之灵，在与其他生物的对抗中，慢慢发明了各种各样可以克敌制胜的工具。但是人类想要真正做到像对待机器一样，完全掌控人体及其"部件"，治疗一切伤病，仍然任重道远。

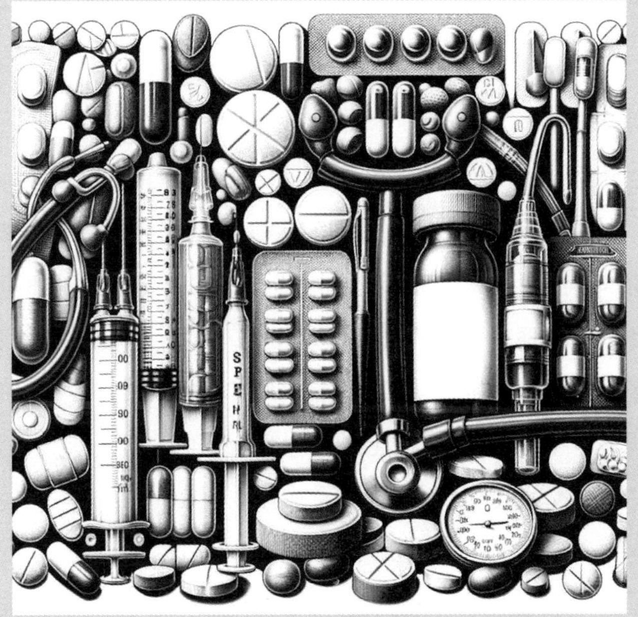

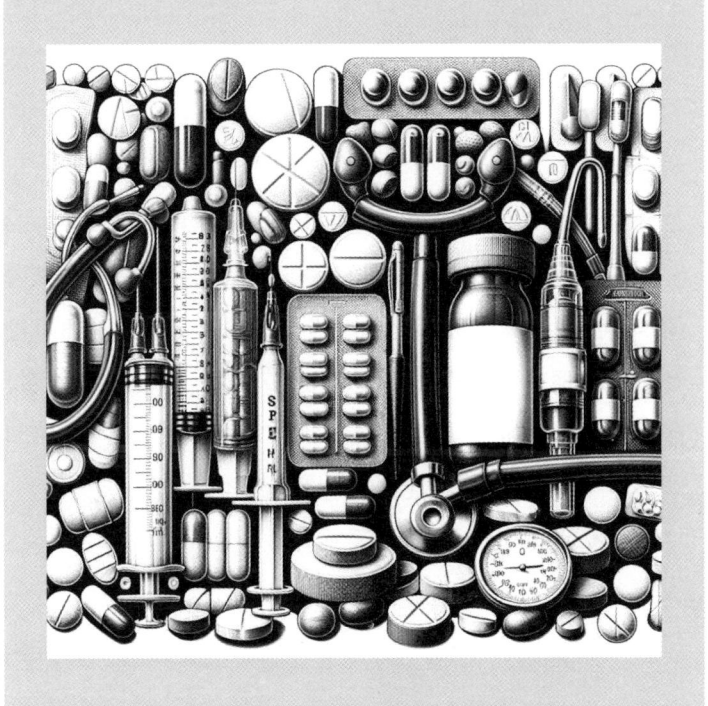

27.民心有褒贬,自封亦枉然
—— 进入三峡前,游白帝城有感

游白帝城有感

在这个有很多古人作诗写词吟咏,但主要是因为李白的"朝辞白帝城"而闻名的地方,自封白帝的公孙述早已经被世人遗忘,而白帝城里主要纪念的,也变成了刘备、诸葛亮、关羽和张飞。

山水寂无名,诗词传千年。

民心有褒贬,自封亦枉然。

28.参透天下圣俗事，方晓本无明镜台
——记立秋日与大学同学聚会

炎热酷暑盛未衰，泛滥洪水又成灾。
立秋暖阳断晦气，三伏爽风去阴霾。
学友久别今相聚，笑谈过往与未来。
盛世自应逞雄志，乱局正可显英才。
天命已知弃盲从，无常莫测不悲哀。
前生结束后生始，彼门关闭此门开。
参透天下圣俗事，方晓本无明镜台。

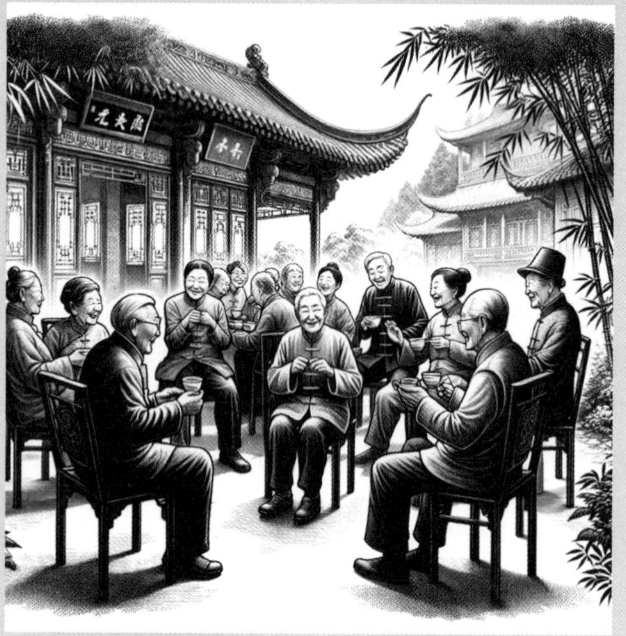

29.人们的饮食禁忌

地球上不同地方的人，传说着各种各样的饮食禁忌。有的说法是认为某些饮食如果不巧同时食用了，会危及生命；有的说法则没有那么严重，但仍然认为某些饮食同时食用，会不利于健康或者导致某些疾病。

其实很多那样的说法，并不是基于人类的科学实验，而是源于人们不准确的日常观察，甚至是没有什么道理的胡乱想象。

普通人的日常观察其实可能是不可靠的，因为两件在时间顺序上前后发生的事情，比如说先发生同时食用某些不同的饮食，然后出现一些身体的不适甚至疾病等情况，它们之间可能仅仅只是发生了时间上先后的巧合，而后出现的那些身体的不适甚至疾病等情况，本来是由其他因素造成的。其实测试那些基于日常观察的说法并不难，只要进行简单的科学实验，可能就可以验证各种说法的真伪。事实上确实也有一些有心人，通过科学实验，纠正了一些流传多年的饮食禁忌的错误。

近几十年来，又出现了一些新型的饮食禁忌，主要是有关减肥和塑形或泛泛地与健康有关的饮食禁忌。比如有的说不应该吃肥肉或油脂类食物，有的说不应该吃糖类食物，有的说不应该喝碳酸类饮料，等等。其中还有人走向另一个极端，提出了只吃肉不吃碳水化合物的配方；甚至还有人翻出古人的辟谷修炼方法，或真或假地在一段时间（若干天甚至更长的时间）里断绝食物或全部饮食。其实这些方法即使短时间内可能会有一些效果，但是基本都是不可持续的。而如果真的被极少数人长期坚持了，则可能因其偏颇极端，使得那样做的人缺少一些必要的营养和化学元素，因而至少会对身体健康产生弊大于利的效果。

人们做的科学实验早就已经证明，基本不会仅仅因为同时食用了某些不同饮食，就产生明显的毒副作用。而每一种人类已经长期在食用的饮食，都具有人体所需要的一些营养元素。特定的饮食要对人体起作用，无论是好的作用或不好的作用，都需要一个长期的过程。短时间之内，有限地食用任何人们日常的饮食，对人的健康及其整体的影响，都是非常有限的。即使个别食物对于特定的个体可能由于各种原因而不适合，但是那与同时食用相克的食物会有不利后果的理论也是没有关系的。

所以人们大可不必因噎废食、草木皆兵，而是应该顺势而为、量力而行，对于任何同时食用的饮食，即使个别的可能会发生各自营养价值的一点影响，但是至少浅尝辄止是完全可以避免任何严重问题的，而任何饮食都不宜多食应该是一个基本的生活原则。人作为一个复杂的综合体，一般情况下，应该像绝大多数动物那样，听从直觉的引导；同时保持开放的心态，对新事物保持好奇心并进行谨慎的尝试，从而有意识地突破习惯的局限性。将这样的原则，适用于人们对待食物的态度，应该可以最大程度上保证人们饮食营养的均衡，并保障人们的健康。

30.饱览胜景凡亦仙
——又游三峡有感

瞿塘峡

三峡中最短但最雄伟险峻的是瞿塘峡。其沿途也有很多人文景观。

险峻峡谷夹长江,悬崖峭壁入青天。

自然人文融一体,饱览胜景凡亦仙。

巫峡及神女峰

经过这一段水路行程的时候,常常能看见遥远的山上,不时显现出有人居住的房子。据说山民们平时出门,往往需要翻山越岭,生活很不容易。

蓝天白云映江水,高山深处有人家。

巫山美景醉游客,村民砥砺无闲暇。

30.饱览胜景凡亦仙——又游三峡有感

西陵峡（一）初入西陵峡

历史上西陵峡曾经非常凶险，但是现在经过对长江的统一治理，已经有惊无险了。

峡裹平湖湖淹峡，山中生雾雾罩山。

古患今伏今鉴古，官为民利民拥官。

西陵峡（二）出西陵峡

现代水利设施已经使得西陵峡下段的水流很平缓，看上去"人畜无害"了，尽管深水下面应该还是很危险的。

江阔水静绿柳岸，风平浪小白鸟天。

奇峰远山遥相看，凶险残忍隐成憨。

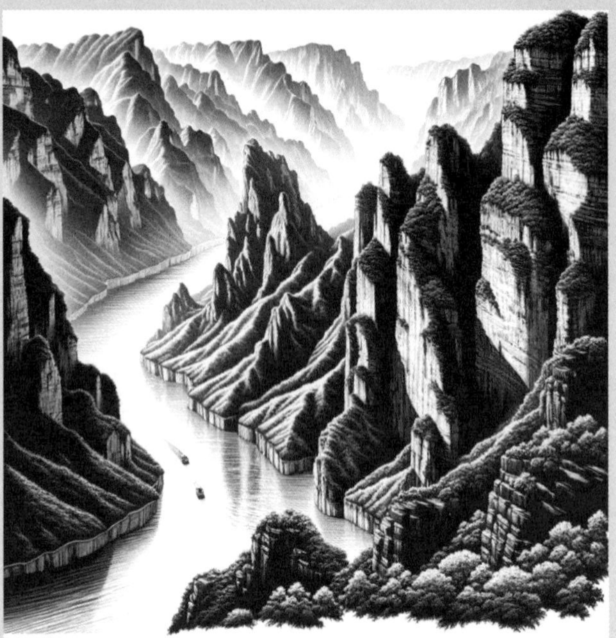

31.人与人的竞争

人类相互之间存在着各种各样、无处不在的竞争。很多人信奉并实行生物界的基本生存法则,即弱肉强食、适者生存。

具体到个人而言,首先在家里,如果是两个人结合而组成的家庭,在蜜月期的相互谦让过去之后,小两口就可能有相互的竞争,以确定谁成为真正的一家之主。之后除非一方彻底臣服了,否则就常常会发生一些争执,因为平时忍让的那位,在某些具体问题上,也许仍然希望能扳回一局,占个上风。但是是否能得逞,则要看当时的具体情况了。

有了孩子,父母通常都会像大多数动物一样,疼爱自己的孩子。但是在现代家庭中,也会出现这个时候谁是家庭中心的问题:是家庭新成员,还是父母中不肯自动让位的那位,有时也不好说。

如果有了几个孩子,那么孩子之间,就会有谁是父母宠儿的有意无意的竞争。通常老大或老幺会有时间上的优势,但是也不一定。有的人就说,多子女的父母,其实最疼爱和关照的，是孩子中最弱势的那位。有的家庭则反映的是"远香近臭"的规律，即离父母最远的，反而成了父母最牵挂的，因而也变成在父母心目中地位最重要的孩子。显然那成了有意或无意的"不争之争"了。

现在的孩子走上社会，通常都是起步于幼儿园。在这样的甚至更早的阶段，就已经有了不愿让孩子输在起跑线上的父母，预先培养孩子各种才艺及能力，有了此时的竞争。此后，孩子们逐步成长为年轻人，在各种各样主动或被动的相互竞争中，有人会脱颖而出，走上成为社会精英和翘楚的高速道路；有人则会滑入通往芸芸众生群体的慢车道，甚至最终被社会所抛弃。

在各行各业中，人们也无时无刻不在紧张地进行着竞争。结果是有的人能青云直上，有的人则成为别人的垫脚板和踏脚石。最惨烈的就是所谓的"一将功成万骨枯"。

有极少数的人，在短短几十年甚至更短的时间里，可能会从一无所有变成地方首富，甚至全国乃至全球首富；或者从昔日的籍籍无名，到后来的远近闻名，乃至变成所从事行业的行业精英。

人类的群体之间也是如此，经常会出现，曾经不起眼的小团队，在激烈的竞争中最后胜出，成长为"巨无霸"；也会有家喻户晓的大品牌，在竞争中被淘汰，在若干岁月之后销声匿迹。

人类中的有识之士，一直以来就提倡，应该形成公平的规则，避免恶性竞争，从而确保人类在竞争中发展和进步，而不是走向各种负面的结果。但愿人类能够不断增进智慧，并恪守基本的人伦底线，即使在竞争的时候，也能学会和谐地共存共荣。

32.物因人出名,人借物抒志
——洞庭湖、岳阳楼游记

游洞庭湖时,发现湖水明显浑浊,与想象中的水天一色大异其趣。岳阳楼则游人如织,景区里有很多古今名人吟咏当地胜景的诗文碑帖。无非是物因人出名,人借物抒志。

洞庭湖,

八百里,

水天异色浊待洗。

岳阳楼,

游客挤,

名人诗书盛名起。

物与识,

永无已,

改头换面易形体。

古今人,

事同理,

圣贤诗文述尽矣。

33.飞离地球

伟大的物理学家牛顿创立的万有引力定律理论解释说,任何有质量的两种物质之间,都会产生互相吸引的作用力。地球本身对其他一切物体(包括地球上的一切物体)的这种作用力,叫作地心引力。因此,只要在地心引力的作用范围之内,因为各种原因暂时突破过地心引力羁绊,而离开地球表面的其他一切物体,都会最终屈服于强大的地心引力作用而回归地球表面。这包括(启发了牛顿创立这一理论的)"果熟蒂落"的苹果,也包括因为各种原因而主动或被动抛向或飞往空中的任何物体,都会最终坠落地面,甚至包括人类年老后的全身肌肉下垂。

人类很早就存有飞离地面的梦想。早期就有过,现在仍然有各种各样关于人类像鸟儿一样,甚至比鸟儿更自由地飞翔在空中的神话、童话和寓言故事(当然,鸟儿最后也还是要落回地球上的)。

人类真的借助一些辅助设施飞起来以前,经历了早期的无数次失败,在有了科学之后,人们才很快地发明了各种各样真正的飞行器,冲破地心引力的阻碍,使得人们能够长时间地"飞翔"在空中。作为现代的一种运动，借助越来越精密的材料，很多人玩的、不使用机器动力的滑翔伞，从高处"飞"下来，可以让人们体会类似于最直接飞翔的快乐，然而最后他们也都还是要落回地球上的。

近几十年里，人类更是获得重大突破，真正脱离地心引力，飞入太空，并长时间地在那里停留，在设在那里的空间站里做各种各样的科学实验。人类甚至像过去神话故事里所说的那样，登上了月球。现在更是有了星际移民的想法。

34.岁月消失似江流
——又游黄鹤楼有感

三十多年前读研究生时,我与几位同学一起,到武汉做过几星期社会调查工作。

之后经历岁月沧桑,当时领队的学长,已经在前几年离世,与我们阴阳两隔了;一位同学早年因嫁给外国人而出国,专心养育了一对龙凤胎混血儿;另一位同学一直在体制内工作,争取着社会上的一席之地;而我则成了漂浮在本地的社会边缘人。

自那以后,我也曾经出差去过武汉若干次,但基本每次都是匆匆而至,听从别人的安排。这次自己又游黄鹤楼,我发现连景点也翻修得找不到原来记忆中的痕迹了(历史上黄鹤楼重新修建过很多次)。一切都令人不胜感慨、唏嘘:

    三十年前武汉客,
    今日又登黄鹤楼。
    园景翻新如人织,
    岁月消失似江流。

楼立千载变形态，
人传万世同一愁。
文人骚客情述尽，
搁笔从众茫然游。

35.游罢山水回书房,模糊繁市与乡村
——又游武汉(东湖及磨山)有感

龟山蛇山相呼应,东湖西湖竞比拼。
雕梁画栋亭台阁,休闲娱乐常人心。
登高望远思飞越,浩渺湖水雾化境。
游罢山水回书房,模糊繁市与乡村。

36.凡人歌

都是平凡人，
何必虚、装、端。
坦荡透明体，
怡然每一天。

37.雪泥鸿爪

地上重复皆旧事,
手下首记偶新章。
为有思绪常萦绕,
留痕点滴又何妨。

38.健康生活方式与临死时光

养生的道理,往往是人到老年甚至中年的时候就会开始关注,并且每个人都应该能说出一些来。其实,它与一般的青少年甚至儿童都知道的注意健康的道理、日常健康的生活方式,是差不多的。

所谓健康的生活方式,无非就是早睡早起;从早晨起床开始,每天适当地多喝点水(包括部分液体饮食);尽量每天,至少每周有适量的运动(包括有氧运动和无氧运动);饮食规律,并在饮食多样化的前提下,尽量吃一些粗茶淡饭,同时保持每天饮食中蔬菜水果、蛋白质食物(肉鱼荤腥等)、碳水化合物(米面等主食类)三者的适当比例;尽量避免明显有害的饮食(如烟酒等)。通过以上方式的综合作用,保持适当的体重;创立并保持相应的方法和机制,使得自己能够尽量快速化解负面情绪,并制造和维持正面情绪。

事实上,说起来,这些道理几乎每个人都知道,至少知道一些。就像俗话说的一样,这样的道理是连三岁小孩都懂的。但是知道是一回事,做是另一回事——真正照

38.健康生活方式与临死时光

着去做的人,至少是全部照着去做的人,在现实中应该是很少的。

  人们往往会忙于工作、生活中必须和应该忙碌的事情,以及一些不必要和不应该忙碌的事情,比如沉溺于过度的消遣活动,包括花过度的时间看书、看电影、看电视,以及现在越来越流行的看手机,尤其是看手机上的科技公司经过精确算式向你推送的,诱使你欲罢不能的视频之类的东西。人们一忙起来,就可能会忘记并实行不了早睡早起的计划,而是变成晚上熬夜到很晚(后半夜甚至凌晨),早晨拖到上班、上学等必须做的事的最晚起床时间才匆匆起床;喝水也是想起来了才喝一点;没有适量、适当的运动,有的人可能一时头脑发热制订了运动计划,结果虎头蛇尾、不了了之;饮食不规律,在吃、喝东西时,喜欢的就没完没了,不喜欢的就干脆拒之口外;很多人难以拒绝烟酒之类的东西,即使明知其有害健康,仍然会因为各种各样的其他原因偶尔甚至经常地或多或少地接触它们。在各种不良生活习惯的作用下,人往往会慢慢地甚至很快地就身材走样,越来越胖,甚至达到连自己都不忍直视的样子;很多人轻易地被主观因素或客观因素导致的负面情绪笼罩和控制,不能自拔,因此社会上会出现很多抑郁甚至严重到患抑郁症的人,抑郁可能导致严重后果,包括产生严重疾病,比如各种公认与负面情绪有关的癌症等。

有人将以上明知故犯现象的出现,简单概括为懒惰,没有毅力。

我觉得,人是一种具有理性思维的动物,上述问题与人们没有能够在理性上得到足够支持的理由也是有关的。比如,当一个人做上面所说的那些不好的事情的时候,如果别人指出或者自己认识到不好,他或她会下意识地用理性思维辩解:确实做某些事情花了过度的时间;确实熬夜了;确实起床太晚了;确实水喝少了;确实缺少运动;确实饮食不规律,吃东西营养不均衡;确实应该停止抽烟、喝酒等不良行为;确实应该减肥;确实应该尽量做能够使自己高兴的事情,避免沉湎于负面情绪;等等。但是那也没什么大问题吧?甚至会直接地回复或自我辩解:"没关系,不会马上死人的,而且你看,很多人不做这些不好的事情,不是也早早死去了吗?"

我能想到的,在这种情况下,从理性上劝人向好的理由有两个:一个是,每个具体个人的生老病死,是由很多主客观因素综合作用的结果,其中遗传因素可能起到很大的作用。所以横向与别人比较是没有什么意义的。因此一个人在这种问题上不应该与别人比,而是应该只与自己比。但是一个人怎么能与自己比呢?逻辑上只能是在时间的纵向上与自己比,即现在的自己与过去的自己或未来的自己比。这就涉及我所想到的第二个理由,即除了事物的变化

38.健康生活方式与临死时光

需要有一个从量变到质变的过程的哲学道理外,应该把平时的养生问题(日常健康生活方式)与人临死前的时光联系起来思考。

大家都知道,一个人在临死之前,可能会因为各种主观或客观上的原因,而导致死亡的时间提前或推迟。比如说,有的老人临死前想要见一个亲人,会一直拖到那个亲人到场了,才安然地咽下最后一口气;有的病人可以依靠昂贵的现代医疗设备维持生命很长时间,而一旦停用那些医疗设备,这个人马上就会死掉。

如果明确告诉一个人,临死之前做某些力所能及的事情可以延长一段时间的寿命,尤其是在清醒状态下有质量的寿命,比如说延长几年、几个月、几周、几天、几小时,甚至几分钟的时间,通常情况下,应该每个人都会做那些事情的。因此常常会出现这样的情景,即有的人临死前会求大夫:救救我吧,我可以付你很多钱,甚至可以把我的大部分或全部财富给你,你让我多活几年、几月、几周、几天、几小时,甚至几分钟吧。当然,事实上,临时抱佛脚的效果是非常有限的。冰冻三尺非一日之寒,长期主客观因素综合作用之下导致的人临死时的状况,想要使得它发生重大逆转,其实是很难的。而且人到临死的时候,很多事情已经是做不了的 —— 力所不能及了。而人们如果在仍然还健康的时候,提前做一些事情,其实是非常容易、

105

简单的。

我想到的从理性上劝人向好的第二个理由就与此有关，即如果把一个人平时的健康生活方式与临死前的时光联系起来，人们会不会就能有足够的理性思考，去支持他或她多做符合健康生活方式的事情呢？比如说，明确告诉一个人，如果你今天停止在某些事情上花过度的时间；如果你今天早睡早起；如果你今天适当多喝水；如果你今天去做适当的运动；如果你今天饮食规律并营养均衡；如果你今天停止抽烟、喝酒等不良行为；如果你今天减肥；如果你今天努力做能够使自己高兴的事情，避免沉湎于负面情绪……那么与将来临死的你自己比较起来，到那时候，你的寿命，甚至是有质量的生命，就可以延长几分钟、几小时、几天、几周、几个月甚至几年。我相信，借助日益发展的现代科技，在将来，应该是完全可能做到将两者密切地联系起来，并做出精确的计算和量化的。比如说，如果你现在去适当运动 1 小时，将来你原本的死亡时间可以被推迟 1 分钟；如果你一周之内适当运动 5 小时，将来你原本的死亡时间可以被推迟 5 分钟；如果你一个月之内适当运动 20 小时，将来你原本的死亡时间可以被推迟 5 小时；如果你一年之内适当运动 240 小时，将来你原本的死亡时间可以被推迟 5 天；如果你十年之内适当运动 2400 小时，将来你原本的死亡时间可以被推迟 90 天；如果你 50 年之

38.健康生活方式与临死时光

内适当运动 12000 小时,将来你原本的死亡时间可以被推迟 10 年,诸如此类。反过来,道理也是一样的,即如果你现在做那些你自己也知道不好的事情,你未来的寿命就可能减少、缩短几分钟、几小时、几天、几周、几个月甚至几年,那么你现在是不是应该做符合健康生活方式的事情呢?我相信对于每一个具有理性思维的人来说,答案应该是肯定的。

希望每一个读到我这篇文章的人,通过上述的理性思维,将现在的自己与想象中未来的自己进行比较(而不是与别人进行比较),把平时的健康生活方式与自己将来临死的时光联系起来,并因此从现在开始,就尽量多地采用我前面所列举的,原本大家也都知道的健康生活方式,从而拥有并享受更加美好的人生。

如果仍然有人因为懒惰和没有毅力而做不到,那我只能建议,多从心理上进行调整,包括寻求心理学家、心理咨询师甚至心理医生的帮助,纠正其懒惰和没有毅力的问题。

39.退休与回归本我

记忆中的与人打斗,只有早年刚离开单门独户,远离其他人家及村落的居住环境,加入群体,初上小学一年级时,不知道因为什么过节,与一个和我差不多大的男同学扭打在了一起。当时还是和我在同一个学校上高年级的小姐姐帮忙,才终止了那次缠斗。后来与那个同学,我也维持过与别的小学同学一样的友好关系。

此后我基本上就形成了在为人处事方面温和、圆滑的特点,基本上与别人没有什么公开的矛盾。最多也就是在大学期间和读研究生时有过若干次,在宿舍里与同学面红耳赤地争论过一些理论和社会问题。工作之后,也只有过屈指可数的几个场合,我曾经在人数比较少的小范围内动怒发火,几乎达到拍桌子的程度。当时也都不是为了自己的是非,而是出于捍卫基本的人性价值观。但是那些基本上都只是口舌之争,完全没有涉及打斗的层面。

除此之外,所有接触过我的人,应该都会将我认定为一个彬彬有礼、温文尔雅的白面书生。退休告别的公司聚会上,一个管理团队的同事还当众说,认识我六年多,从来没有看见过我生气、发脾气。

可是最近在相关的两个场合，因为一点涉及我家的民事争议，我居然被直接卷入激烈的冲突之中。第一次发生打斗时，我被直接卷入后，还与多人一起在报警后被派出所传唤，并在派出所滞留了 24 小时（民事纠纷自行和解与治安或刑事案件公事公办的时间分界线是 24 小时）。当然，后来派出所的民警也表示，事出有因，可以理解，而且所有当事人也都平心静气地和解了事。此后，隔了一天，在相关的场合，当着四五个接报警后赶过来处理问题的民警的面，我竟然直接对那个有头有面的，比我小不了几岁的人说"我要打你的"！当然，实际上我并没有当场打他，整个事情最后也圆满和平地解决了——那个人最后还给我倒了一杯红酒，以示和解，但是我没喝，只是握了一下他的手就自己回家了。

听说了这些情况的亲友们都非常吃惊，觉得与我的一贯形象不一致。说实话，我自己回过头来想想，也觉得有点说不清楚。甚至有人跟我说，人应该越来越稳重，你怎么老了反而变得冲动，不自我控制了呢？老来发了少年狂？

我自己深入地想了想，觉得这大概与我现在退休了也是有关系的吧。首先，退休之前，家里的一切事情我基本都是不管不问的。现在退休了，整天待在家里，就难免会被卷入家里的一些事情了。其次，我觉得可能更为重要的，是没有退休前在职的时候，有与之相关的社会角色需要扮演和维持。自己会把职业的社会角色看得高于一切，不能允许出现任何变故而影响自己的社会角色。比如说，在职工作期间，无论因为什么缘故，突然消失，到派出所去待 24 小时，单位里不知道发生了什么问题，那种局面对我来说，肯定是不可思议的，因此自己也是绝对不会允许其发生和出现的。但是，退休了，与职业相关的社会角色会慢慢消失得一点不剩。因此，这时脑子里已经没有了与之相关的社会角色的约束，对一切也没有什么特别的顾虑了；所言所行，完全是本我的自然流露了。因此，我写了下面这首小诗：

  繁华喧嚣日过午，返璞归真弃城府。
  束缚拘谨皆松绑，本我赤子山中虎。
  谦恭先予三分让，静气首戒一时鲁。
  火山至限喷千丈，君子岂忍底线辱？
  人生逆旅贵过程，应尝百味酸辣苦。
  软硬兼施了怨愤，挥手一笑末伏雨。

40.适当有益，过度有害
——由旱涝水位线所想到的

今年六月份在重庆乘坐三峡游轮时，被告知由于水位线下降，游轮不能靠近原定的上船码头朝天门（因此我们失去了一个从游轮反观重庆灯光夜景的景点活动行程），所以上船地点直接改到了下一站丰都。

上船后得知，尽管从降水量来说，六月份应该是多水的季节，但是长江水位却不升反降了。原因在于，为了预防雨水季节可能引发的洪灾，长江管理机构已经基于经验教训，每年在这个时候，开始对长江采取提前主动放水、降低水位的人工措施。这样做了之后，如果真正发生洪水泛滥，长江就可以首先化解、容纳一部分洪水，减少洪水对长江沿线，尤其是下游，包括三峡大坝等水利设施的冲击和压力。

因此在游轮顺流而下的过程中，可以明显地看到现在的长江水位线与水位线下降之前的，上方的高水位时留下的水位线，以及二者之间所呈现的寸草不生，通常是裸石狰狞的一段区域。高水位线之上，则通常都是郁郁葱葱的绿植。两条长江水位线，给人呈现的都是比人工直线描绘更精确的美丽的风景线。

由此想到，其实很多水域，包括各种河流、水库、湖泊，乃至大海，通常都会有这样的高、低两个水位线及其之间的一段区域。即在水与岸交接的地方，通常都会有一个涨水期留下的高水位线，一个低水位时形成的水位线，以及两个水位线之间长期形成的寸草不生的赤裸状态。那段区域寸草不生，显然是由于涨水期时，水的浸泡所造成的。

大家都知道，其实水是地球上的生命之源。所有的生物，其机体的重要组成部分就是水，而维系生命及保证成长过程中的营养传递，也是需要水来帮助实现的。长江的高水位线之上美丽的花草树木能生长得那样生机盎然，也完全是得益于与江水之间的近水楼台之便。可是在两个水位线之间的区域，由于涨水期时水的过度浸泡，却导致了那里的植物生命的消失。

这说明了什么呢？它说明了，即使是对几乎所有生命体都极其重要的水，也必须以润物无声的渐进方式，去接受它的滋养（比如一流而过的雨，日常水雾、水蒸气的覆盖，等等），那样才可以提供孕育生命体和保证其成长的环境。而一段时间的过度浸泡，则只会造成对生命体的损害，甚至导致其消失（寸草不生）。

其实从这一点推想到人类社会的其他现象，道理也是

40.适当有益，过度有害——由旱涝水位线所想到的

类似的。很多事情，即使对人们来说可能是有益的，甚至是很好的事情，但是也都有一个度的问题。在一定的限度之内，才是对人有利的；而如果过了一定的度，反而可能变得对人有害了。

比如说，锻炼身体，相信现代科学的人都知道那是有益的。甚至有人说了，生命在于运动。可是如果有人过度地运动，无视伤病而坚持运动锻炼，不运动锻炼的时候就精神状态变差，乃至于影响睡眠、情绪，那就是所谓的运动过度——上瘾。有人解释说，运动上瘾是因为人在过度运动和流汗时，脑下垂体会分泌更多的内啡肽，会暂时消除疲劳感并使人感到身心愉悦。人一旦运动上瘾而过度运动，就会反过来损害人的健康了。很多其他事情也是同样的道理。比如说适当地玩玩游戏，包括电子游戏，可以是益身益智的；但是如果沉溺其中不能自拔，结果就会有害于人的身心健康。甚至读书等其他本身明显有益的事情，亦无不如此，即适当有益，过度有害。甚至情感方面也是如此，比如适度的对子女的爱，有益于孩子的身心健康成长，但是过度的溺爱，与虐待的作用，有时是类似的，都会对孩子的身心健康造成伤害。

因此人们对于任何事物都应该采取平衡的、适可而止的态度，适当地控制在有益的限度之内，而不能过度。那样就可以只是受益，而不会受害。

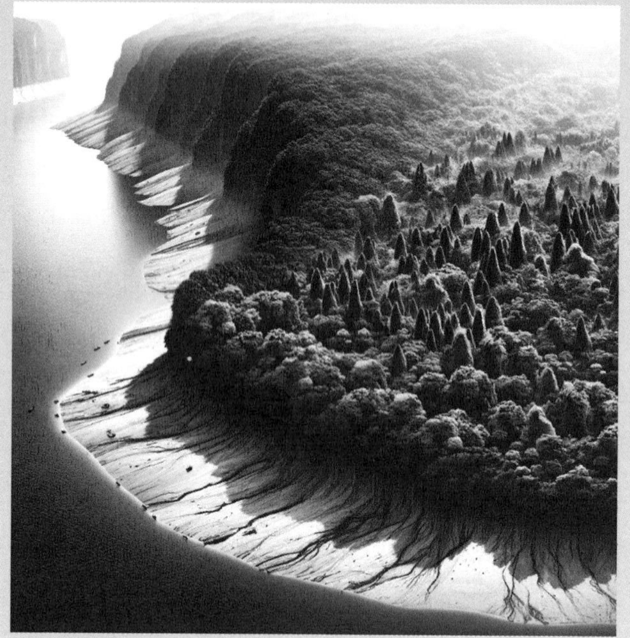

41.精神伤病及其自愈

提到精神伤病，人们一般想到的会是程度严重的精神疾病，即那些患病者被认为是带有危害行为，使得自己和受其影响的人，在家庭、社会中不能正常生活的"精神病"人。通常那样的人会被送到精神病院接受治疗，或者被置于家人采取的严格管控措施之下，否则就可能危害其自身或别人。

近几十年来，抑郁症已经越来越广泛地被认为是一种精神疾病。由于其通常以患病者自伤为极端表现形式，无关的别人感觉不到特别的危害，因此对其的态度也淡漠一些，有很多人甚至认为那与一般的矫情没什么区别。

这涉及精神伤病的程度的问题。即精神伤病不仅有严重的，也有轻微的或程度较浅的。而通常情况下，人们认识不到，一般的精神伤病即使程度不严重，也应该算是精神伤病。人们相应地减少对程度轻的精神伤病采取的治疗措施，因此也就会进一步负面影响相关精神伤病的康复。

其实精神伤病与物理上的其他伤病，在性质上是类似的。物理伤病大家都知道，在日常生活中是经常发生，并且是很多的。比如由于自己的原因，或外部的原因，或二者的综合作用，导致的磕磕碰碰的皮肉之伤（包括破皮流血、肿胀青乌），甚至伤筋动骨，以及头疼脑热、酸痛难受、伤风感冒，乃至更严重的各种炎症疾患。

在人们处于马虎状态（包括人类的早期）时，对于一般的物理伤病，通常都只是进行一些简单的处理，甚至完全不做什么处理，等待其自愈。比如说人们日常发生的磕磕碰碰，受到一些一般的物理的伤害，只要不是特别严重或严重到危害生命，马虎的人对其都是不太在意的。而经过一段时间之后，这些伤病通常也都是能够自愈的。基于程度的深浅等各种因素，不同的人自愈的时间可能有长短之分。

现代的人，尤其是细心的人，即使对于一般的很轻微的物理伤病，也都会使用一些自家备用的药品，或寻求专业医护人员的帮助，而予以治疗，直至痊愈。不管是自愈还是动用过药物或医护人员，基于各人的自身条件，得过物理伤病的人，最后都有可能会留下一些程度不同的疤痕之类的后遗状况（留下曾经蒙患物理伤病的证据），有的甚至会在将来，形成一定条件时，产生某种形式的复发。

精神伤病其实也是如此。在日常生活中，也可能由于自己的原因，或外部的原因，或二者的综合作用，发生一些精神上的受伤、痛苦情况，比如受到刺激，包括被人欺负、责骂，或因为各种原因而产生情绪上的波动——伤心流泪，甚至崩溃绝望。有的时候，造成精神伤病的原因可能与造成物理伤病的原因是同源的，比如被人打骂，既可能造成物理伤病，也可能同时造成精神伤病。通常人们在事情发生之后，自己和别人对精神伤病都会比较忽视，因而会使得精神伤病因为没有及时被重视，而给人造成更长时间的负面影响。

对于普通的、较轻的精神伤病，几乎所有的人，都很少去寻求医学上的帮助。通常都是依靠自愈，即让时间的流逝慢慢淡化所受到的伤害，然后慢慢痊愈。如果身边有友善的人，也许会有一些口头的安慰和劝解。现在，如果发生一些重大负面事件，大家公认其会对人的精神状态产生重大不利影响时，也会启用专业的处理包括治疗。其实专业人员的治疗，有时与一般的，有足够人生智慧的普通亲友在相关事件发生时自发采用的口头安慰和劝解也是差不多的。当然，随着相关心理学研究的不断深入，专业人员的治疗技巧也会有不断的提高。

像物理伤病一样，遭受过精神伤病的人，自愈或被治愈后，基于各人的自身条件，其实也会留下一些精神伤疤。有的只是一些曾经蒙患精神伤病的证明，有的在将来发生一定条件时，仍然会复发。

人们应该认识到，当经历一些有负面影响的事情的时候，有可能会出现精神伤病。因此在其发生过程中，应该采取一定的措施，对自己和相关的他人进行相应的保护和救治。同时，人们也没有必要过分地纠结于曾经发生过的精神伤病，而应该意识到，精神伤病随着时间的流逝，也是可以自愈的。这样，人们就可以继续轻装前行，而那也可以更有利于精神伤病的自愈。人们如果能够做到这两点，就有可能即使经历了精神伤病，也可以获得和保持更好的精神健康状态。

42.学习新技能的难与易
——从学练乐器所想到的

从 18 岁上大学,包括学法律、教法律、做执业律师,我整个职业生涯从事的都是法律工作,在法律的海洋中浸泡了 40 多年。到后来,在工作中对一切法律问题都感觉驾轻就熟了,而对其他的事情我基本上都采取不管不问的态度,所以慢慢就忘记了学习新技能的事,以及学习新技能还有什么难处的问题。

但是退休后,又把在过去二三十年里断断续续地学练的钢琴、吉他捡起来,重新深刻地体会到了学习新技能的难与易。觉得应该分享出来,希望对学习任何新技能的人,都能有一点参考的意义。

我这次学练钢琴和吉他,主要依靠的是国外人开发的电子教材应用软件,具体方式是学练其中的数百、上千首曲目(同一首曲目可能根据难易不同的编排方式和内容而出现多次)。每一首曲目,先分步骤学练好了,再完整地弹奏全曲。那个应用软件可以当即打分,并根据准确度,给一颗、两颗或三颗星。得到三颗星,就算学练那首曲目达标通过了。这些曲目有的很容易，其中最容易的，基本上可以基于现有的技能，直接完整地弹奏全曲，就能得到三颗星通过。有的需要简单地先跟着分步骤程序学练一遍，然后再完整地弹奏全曲，得到三颗星通过。难一点的，则需要先跟着分步骤程序练习很多遍，而有的曲目，到完整地弹奏全曲的时候，还需要先慢速，再中速，最后才用正常速度练习，甚至需要反复多次练习，才能最后得到三颗星通过。

遇到特别难的曲目时，首先曲谱看上去就很复杂，使人一开始就觉得茫无头绪。先试听一下，也会觉得完全不好操控。从分步骤练习开始，一直到完整曲目的慢速、中速和正常速度练习，每一步都会觉得好像步履艰难、无从下手。这时候心里就会不时产生挫败感、沮丧感，并时时冒出要放弃的想法苗头。如果这个时候真放弃了，那么水平也就停止在之前的状态了。也许之前断断续续的"断"，可能就是与此有关。

但是，如果在这个时候咬咬牙坚持下去，并沉下心来，对每一个步骤都由慢到快地反复练习，那么即使进步速度可能会慢，但是仍然是可以一步步地往前推进的。有的步骤及全曲，可能需要反复练五遍、十遍、二十遍，甚至三五十遍——更多的极端的情况下可能需要反复练习上百遍左右，才能最后掌握好。有的时候可能暂时先放一放，

42.学习新技能的难与易——从学练乐器所想到的

也会有所帮助。比如说隔一个晚上,明明头天晚上使人练得吭吭哧哧的东西,第二天再去练习时,就觉得变容易多了或至少没那么难了。有时可能需要间隔更长一点的时间,但是也不能间隔时间太长,因为间隔时间太长了,可能就会变成又一个断断续续的"断"了。不管怎样,只要坚持练习下去,每一首曲目最后都是能够通过的。而等自己真正掌握了整首曲目后,又突然觉得,其实那首曲目也并没有一开始所感觉的那么难,反而好像是挺简单的了。这应该就是人们所说的"难者不会,会者不难"吧。

由此想到,其实人生中的很多其他事情也是类似的。当你想学习一些新的其他技能的时候,往往也会是同样的经历。有时会觉得有的新技能学习起来很简单。其实这种情况下,说明那个新技能与你原来掌握的技能在水平上并没有什么大的提高,所以这时候你并没有什么大的技能提升空间。

当你学习一个新技能感觉很吃力、很难的时候,这才是你面临技能水平提高的机会。这时你可能会感觉茫然不知所措,举步维艰。你会有失落感,会心生厌烦。如果这个时候你放弃了,那么你就失去了提升自己技能的机会,并停留在原来的水平上。事实上,有很多人后悔自己当年没有坚持学习一些东西,其"当年"其实就是属于这种情况。

而这个时候如果你想方设法地坚持下去，最后总会有一个时刻，突然就豁然开朗，雨过天晴，一切又全在掌握之中了。

推而广之，在这个世界上，绝大多数的事情也都是如此的。极少有事情，你投入足够的时间和精力，却不能掌握它。如果你还没能掌控它，那么你所唯一欠缺的，可能就是尚未投入足够的时间和精力而已。所以有人说，"世上无难事，只要肯登攀"。当你有亲身经历体会之后，就会觉得那是千真万确的。其实，世界上的绝大多数事情，实质上也都是一些普通的事情，并不需要天才去掌控它。更何况有人还说，天才其实就是百分之九十九的努力，加上百分之一的天赋而已。从另一个角度来说，每一个普通人，只要投入足够的时间精力，都是能够做成世界上绝大多数事情的。

因此，所有的人，尤其是年轻人，如果想学习一些新的技能，一定要有一个坚定自信的心态。在遇到困难的时候，要意识到，这正是你提高技能的时候。只要你投入足够的时间精力，并一直坚持下去，终会有那么一天，你会征服手下的艰难。而当你事后回首时，就会发现，原来那个困难，其实也不过如此。那时就是你又上了一个新台阶，一览众山小的时候了。

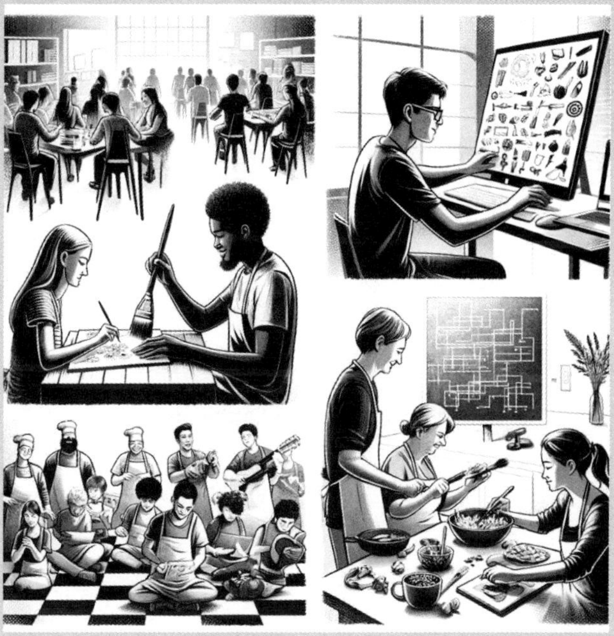

43.盖棺定论待他日，耳顺之年试新才
——白露日有感

日隐天阴雨欲来，人懒事多心生哀。
世间俗务无处躲，强振精神免发呆。
有人江湖自然乱，无物意念宇宙开。
修炼本是终身事，山林凡界均可埋。
芸芸众生变尘土，一缕青烟出天台。
万千往事随风散，无穷远景眼前排。
盖棺定论待他日，耳顺之年试新才。

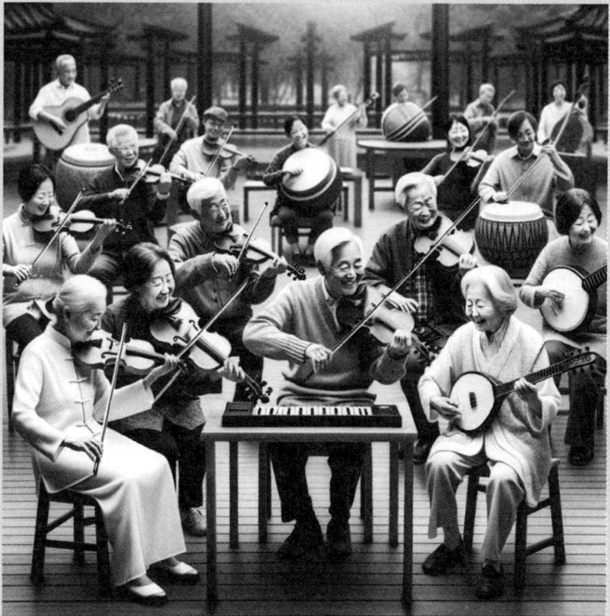

44.何时追逐梦想的事情

一个人的梦想,通常是指其在现实生活中有一定难度,因此不能马上实现,但是脑子里却不能放弃的,对未来的一种期望。因为心向往之,念念不忘,连梦中也会希望实现它,所以叫它梦想。如果很容易就能够实现的事情,就不能算是梦想了。

人们从小就会有各种各样的梦想,有的是自己受外界启发而产生的,有的是被父母、家人或其他什么对自己有重要影响的人所灌输的。随着年龄的增长和阅历的增加,很多人又产生很多新的梦想,替换了原来的梦想。

如果一个人梦想要做的事情实现难度不太大,尤其是如果有那样梦想的人是孩子和青少年,那么随着年龄的增长,他们就可以慢慢地去实现那些梦想了。但是对于很多人来说,通常都会梦想做一些难度比较大的事情。在现实世界里,想要实现这样的梦想,可能会存在一些主观或客观上的困难。这时候,就有是否应该及何时应该努力克服困难,追逐梦想的问题。

最理想的状态,当然应该是从拥有梦想时开始,就一

44.何时追逐梦想的事情

直努力去追逐自己的梦想,直到实现它。因为梦想是有一定难度的事情,所以如果能够实现梦想,那么一个人就是有了一个很大的进步和提升。如果此后没有新的梦想了,而原来的梦想没有因为实现而改变,那么这个人就可以一直沉浸在实现了梦想的快乐里(当然,事实上人们是很难满足于现状的,所以人生中会有很多不同程度的重复和循环)。

但是在现实世界里,很多人由于受众多因素的制约,往往不能马上,甚至一直不能去追逐自己的梦想。最直接的原因,是绝大多数人需要安身立命、养家糊口。而如果梦想不能使人实现这一"功能",尤其是不能很快地做到这一点,那么人们往往就会考虑另选他途了。一方面,需要权衡,如果有其他方法可以让人安身立命、养家糊口,人们可能就沿着其他的路子走下去了,这就是人在社会上变得比较现实的原因。另一方面,每个人都可能在人生的方向上,受到父母、家人等重要人物的影响,而后者所考量的,往往是从现实需要出发,而不是前者的梦想。有时后者可能还会把其自身没能实现的梦想,强加在前者的身上。

因此,最好的局面,是一个人的梦想与谋生手段是一致的。那样,就可以一边追逐梦想,一边安身立命、挣钱养家糊口。可惜的是,现实世界中(特别是在不太发达的地方）能做到这一点的人实在很少，尤其是一个人的梦想与其实现的可能性之间有遥远距离的时候。因此，在现实生活中，会有很多人心怀梦想，但是却心不甘、情不愿地做着别的事情。绝大多数人后来会慢慢适应自己的状态，同时也就会慢慢放弃了自己原来的梦想。

其实对于那些不能从一开始就追逐梦想的人来说，人生还是有其他机会的。其一就是在自己适应了社会的角色，有了一个比较安稳的生活环境的时候。这个时候，如果人们能一方面按部就班地扮演好自己的社会角色，同时开始慢慢用业余时间去追逐自己的梦想，那也应该是一个不错的选择。那样，如果能实现自己的梦想，而自己的正常生活也没有受到负面影响，那就是比较完美的结局。如果最后实现不了自己的梦想，那么也对得起自己了，毕竟做过追逐梦想的尝试了。

人生中最后追逐梦想的机会，就是一个人退休之后。这时候，人的状态更干净。这一辈子，已经为了自己的社会角色，将职业生涯走完了。而一直坚持自己的社会角色，应该是能够给自己创造一个安度余生的物质保障的。因此，这个时候如果一个人仍然有原来有过但是一直因为各种各样的原因而没有实现的梦想，就可以完全无后顾之忧地、义无反顾地去做最后一次追逐梦想的努力。这个时候，因为人们已经完成了人生的正常历史使命，因此可以没有任何心理负担了。即使最后不能实现梦想,也没有什么损失。而如果实现了,那就是对人生经历的锦上添花。

  我本人就属于上面所说的最后一种情况。一直觉得自己是迫于现实的压力,从上大学求学开始,职业生涯的一辈子,选择了"心为形役"。现在退休了,觉得可以重新捡起曾经有过的写作及玩乐器的梦想。不管最后会怎样,我希望自己能一直追逐下去,不放弃人生的最后一次机会。

  就像有的人所说的那样,梦想还是要有的,万一实现了呢?即使没有从一开始就实现,但是到中年、老年的时候,还是有机会的。当然,前提应该是那时仍然有实现梦想的可能性。如果基于古今中外的经验教训,结论是完全没有实现梦想的可能性了,那么一个人就应该接受现实,以心安理得的态度,过好随遇而安的生活。

45.人类饮食的异化

人类饮食的目的和功能，原本与其他动物饮食并没有什么两样，只是为了维持和延续生命，而补充能量和供给营养而已。

但是经过几千年的进化发展，人类饮食从其初始的状态发生了重大的变化，也因此成了人类与其他动物有重大区别的地方。简言之，人类已经从早期与其他动物那样的茹毛饮血、遇啥吃啥，演化到了现在的食不厌精、脍不厌细。

从吃的方面来说，人类除了发明了熟食，以及在早期为了储存多余食物以备不时之需而发明的一些腌制食物之外，又创造出了各种各样纯粹为了感官特殊享受的，包含复杂作业流程，需要经过较长时间甚至很长的时间才能制造出的形形色色的食物。人们甚至连准备食物的过程也有了大规模的工业化，以及艺术化。同时还使得一些准备高级食物的人（名厨师们）也成了艺术工匠，得到很高的社会尊重和报酬待遇。有些厨师，甚至将一些本来没有什么营养价值的东西——包括别的地方可能只是当成边角废料准备扔掉的东西,通过专门精心配制的调料,烹制成稀世珍品或备受喜爱的美味佳肴,比如燕窝、鱼翅、海参、凤爪等。

饮料方面也是如此。从原始的渴时救急的,天上落下来的雨水和地上现成的江河湖泉水,发展到现在人们除了在工厂制造出各种不同口味的饮料之外,还在厨房里做出各种各样的浓汤淡羹,以及通过复杂的工艺流程和时间的沉淀(有的甚至保存时间越长越金贵)而酿造出的各种酒精饮品,等等。

发展到后来,某些饮食的食用过程也被美化成高雅的事情,并使得一些精于此道的人,成为众人敬仰的美食家、饮食品鉴家,并形成与之相关的成套的理论和专业。如此等等,不一而足。

经过这一切之后,人类的饮食就异化了。尤其是在物质丰富的社会里,很多人往往都会食用过多的饮食,远远超过身体本来所需要的能量和营养,造成能量和营养过剩,反过来成了人们身体的负担,损害了人们的健康。

说到底,如果去掉那些花里胡哨的噱头,回到事物的本质和原点:不管你把饮食弄得多么精细美妙,无论它们被抬升到多么高雅的地位,到头来,它们都会经过人们的消化器官,最后又成为从人体的器官中排泄出去的固体或液体废物。然而人们在一本正经地欣赏美食及佳酿的时候,是不会扫兴地往那方面想的。

不可否认,在现代的人类社会里,其实饮食也已经具有了人类所赋予的一些其他衍生功能,包括使得人们产生愉悦的感受,以及作为人们进行社会交往的一种工具,等等。事实上,在现代社会里,宴请别人,确实已经成为一种重要的社交手段。此外,作为治疗疾病的一种方法,很多药物也是通过人的饮食进入人体而起作用的。

人类社会的科学技术越来越先进。因此,也许会有那么一天,人们会发明制造出极致的饮食,每个人每天只需要饮食一点点,就可以满足一天的能量和营养需要了。到那个时候,也许人们又可以回归到人类的原始状态,把简单地饮食那么一点点必需品,当成唯一需要做的事情,而不是繁文缛节地在准备和食用饮食方面浪费时间了,那样人们就可以把时间精力放在更有意义的事物上,以利于人类精神和物质上的真正进步。事实上现在人们为了节省太空宇航器的有限空间,以及不浪费宇航员们的宝贵时间,已经为太空宇航员们研发制造了类似的饮食。当然,现在的人类有一些一时难以更改的、习惯了的饮食模式和仪式。因此,为了满足宇航员们的人类饮食习惯,在准备那些太空饮食时,也就做了一定的保留,而不是只考虑满足能量和营养需求。也许整个人类群体进步到未来某个阶段的时候,过去的陋习也会一起改变,那时就不需要做什么保留,

45.人类饮食的异化

也不需要做出什么迁就了。

在那之前，人们显然还是会在饮食方面遵循千百年来养成的习惯。但是，人们同时应该意识到这方面的问题，并在饮食时适当地注意，在保证自己有足够营养和能量的前提下，尽量少在饮食上花不必要的时间和精力，从而更多地去做更有意义的其他事情。我本人在饮食方面就倾向于回归本源。虽然我也能够区别不同口味的饮食，但是如果是我自己准备饮食，我就完全可以只考虑其能量和营养的功能，而不会在意其他方面。当然，因此我也一直被妻子贬斥为在饮食方面低档到像动物一样（所以我在家里也基本没有做过什么饭菜）。只是她不知道，我那样做，是有底层哲学逻辑支撑的，而不仅仅是懒惰或愚蠢。

46.自然生长与人工养护
——看到花草枯萎所想到的

最近我们家的一个房客，腾退出了一个房子。我退休在家闲着，所以也多多少少地参与了一些重新收拾这个房子的各种琐事。其中一件事情，是在门口重新种了一些花草树木。我发现，稍有照顾不周，没有及时浇水，就有花草枯萎凋零，慢慢死去，因此我想到了自然生长与人工养护的问题。

自然生长，指动物或植物在没有人力干预的情况下，从自然界获得养分而生长发育。人工养护，则指动物或植物在人力干预的情况下生长发育。

相比较而言，人工养护是后来才有的事情。地球上有动物和植物之后，一开始万物都是在大自然的环境里，各自发挥着其与生俱来的天赋及其后天获得的本领，取得自然赐予的日月精华、阳光雨露，或物竞天择地以大吃小、弱肉强食，从而经历各自的一生的过程，包括生老病死。即使到了现在，绝大多数动物和植物也仍然是在自然状态中生长的。

46.自然生长与人工养护——看到花草枯萎所想到的

在所有动物中,只有人类进化到了知道圈养其他动物,种植植物,以保障在野外没有动物可猎取,以及身边没有自然生长的植物可以食用的时候,也能有备无患。人类平时会照看动物的饮食,或为动物提供饮食;为植物的生长提供必要的条件,进行灌溉和维护;等等。发展到人类的高级阶段,被人工饲养的动物和培育的植物,除了满足人们的食用需求外,又有了衍生出来的,为了满足人们的情感和精神需求,给人类提供娱乐和欣赏的功能。为了这些后起的功能,人们也可以做到精心、尽力、无微不至,以至于使得一些动物和植物,得到很多其主人之外的其他人类也得不到的关爱和照顾,成为非常精致、娇生惯养的宝贝。

可是这些依靠人工养护的动物和植物,一旦因为某种原因失去了人工的照顾,往往就可能因为已经遗失了在自然界中为自己的生存而奋斗的能力,而仍然守株待兔地等待已经没有了的人类的关爱,导致它们最后可能会轻易消亡。动物是这样,植物也是如此。

对于动物,现在有研究表明,长期圈养,使得它们失去野外生存的能力后,也会导致其基因发生变化,而可能危及其种族的延续。因此,有人提倡要对仅存在于人类圈养环境中的濒危动物,进行逐步放归自然环境的生存训练,以增强其种族长期延续的可能性。

其实人类本身，在某种程度上，何尝不是如此。众所周知，有很多在各个方面做出巨大成就的人，往往是从小没有家人保护，自己必须在社会上摸爬滚打的草根出身的人。这些人往往有巨大的生命力，知道如何最大限度地利用自己的条件和获取外界的资源，从而发展出"盘根错节、枝繁叶茂"的生存状态，顽强地在世界上闯出自己的一片天地。这就相当于其他动物和植物的自然生长。

然而人类中的很多长辈，却做不到在后代具备了基本生存能力后，放手让他们自己到社会上去探索生存和发展的途径。他们一心想着要提供和维持"人工养护"的环境，对子女后辈一直不忍放手，要尽量照顾得无微不至。因此，社会上会出现种种可怜天下父母心的情景。然而那样做的最后结果，却往往会造成后代的社会生存能力很差，一旦有一天长辈因为某种原因照顾不了他们了，失去了长辈羽翼的保护，他们就可能会在社会上不知如何应付，乃至一败涂地，不可收拾。

因此，人们对后代，除了在初期需要提供必要的生存条件，以及随时准备在危及生命的情况下予以适当的救助外，平时也应该放手，让后代尽早地体验和学习人类社会的"自然丛林"生存和发展的规则。那样，他们到了社会上，就能更早地适应并闯荡出自己的天地，过上更有意义的人生。

46.自然生长与人工养护——看到花草枯萎所想到的

要抵御永远想照看好后代的欲望和冲动，其实至少对于一部分人来说，是一件很不容易的事情。其实有一个简单的问答题，可以帮助人们做出正确的判断和选择，那就是，你可以问问自己：你能否照看后代一辈子？如果不能，那么越早"断奶"，越能锻炼他们的社会生存能力；越晚，就对其将来脱离长辈保护后，在社会上的生存发展越不利。

如果你觉得自己确实能够对后代的生老病死负责一辈子，那么你倒是可以继续那样做。但是，那也就意味着后代的一辈子是不如长辈的，是在长辈的阴影下度过一生的。后代自己是否愿意那样，又是另一回事，而就长辈对后代的期待而言，也是一个需要想透的问题。因为毕竟绝大多数人，都是希望后代有出息的，最好能超过自己（至少在某些方面）。不过那是另一个复杂的人生话题，超出了本文的范围，所以这里就不再展开讨论了。

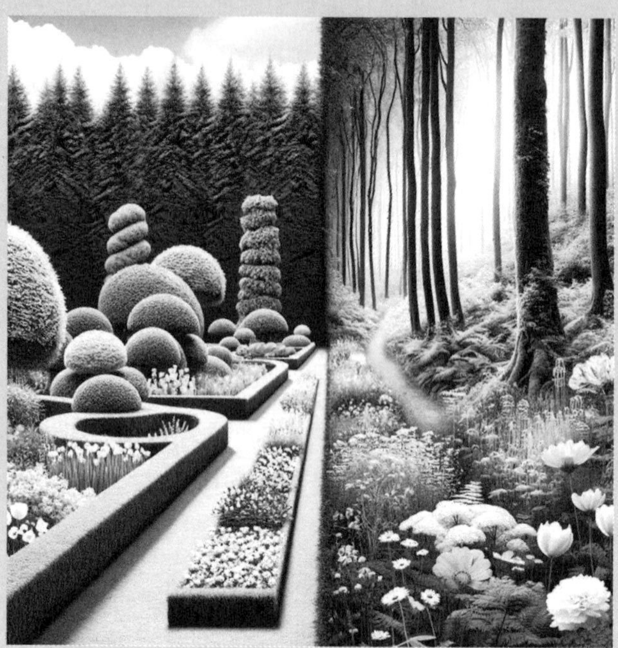

47.老年痴呆的问题

早些年的时候,有时也会听人说某某人老糊涂了。但是那种情况好像不多,而且状态似乎也不严重。可是,现在,无论是新闻媒体上,还是身边认识的老人,会有越来越多的人被确诊为阿尔茨海默病,即老年痴呆。我的大姐七十多岁的时候,经常被家人抱怨越来越糊涂。我建议她的子女带她到医院检查,结果确诊了,真是这个病。吃了一些药,但是仍然越来越严重,到八十岁左右,就慢慢连平时照顾她生活的子女也不认识了。

据说,100多年前,某些老人的这种情况,是被一个叫阿尔茨海默的德国医生发现的,于是就用他的名字命名了。但是一直到20世纪70年代中期,阿尔茨海默病才被医学界正式认定为一种疾病。由此人们才真正对它重视起来,研究并治疗它。可是即使到现在,所有的医疗手段也只能是延缓它的恶化速度,而不能根治。

之前我们普通人对这种病没有什么认识,应该是因为它当时发生得并不多。而那时发生不多,也许又与以前人的平均寿命比较短有关系。毕竟这种病是老年病,基本上都是到了一定年龄之后才出现症状。而很多得这种病的人，年轻时往往曾经是风风火火、精明能干的人。如果在进入老年之前，还没有等到这种病暴发，人就已经去世了，也就没有需要应对这种病的问题了。

发现并确认它也是一种实实在在的病，对于正确对待和处理进入这个疾病状态的人，肯定是有帮助的。那样，就会有很多人去认真研究它，并发现和发明各种药物、治疗手段，对这种病进行有效的治疗。尽管到现在还不能根治，但是能延缓其发病速度，也能聊胜于无吧。而家人们就能像对待其他病人一样地予以体谅和照顾，那对病人本身而言应该是利大于弊的。

尽管老年痴呆是一种病，可是得这种病的人，除了早年会自己在精神上受到这种病的一些困扰之外，越到后来，病人自己可能反而越感觉不到太大的痛苦了。因为病人已经慢慢地在精神上与身外的事物切断了联系，脑子慢慢进入了放空的状态。当然，家人看到病人在精神上与自己渐行渐远，实质上已经开始离自己而去，仍然是会感觉到痛苦和难受的。尤其是到后期，当病人慢慢失去了越来越多的基本记忆和自理能力，随时需要别人帮忙、照看的时候，家人经历的痛苦自然就会越来越多。

尽管这种病确实有它的坏处，但是从某种角度来说，如果不考虑精神状态正常对个人本身的重要性，那么它有可能是命运对于得这种病的老人本身的一种特殊爱护方式。家中有人得了这种病，其他家人就要放弃得到这个人的照顾的想法了。因此，这种病人就不会像其他很多正常的人那样，到了老年还是需要在体力上或精神上照顾别人，也就没有了相应的劳累和辛苦。反过来，由于得了这种病的人不能自己料理自己的事，就需要，也应该通过某些方式得到别人提供的必要的照顾。我大姐就是这样，由于得了这种病，不会做饭了，后来也越来越不会或不愿吃饭了，于是她的三个子女就轮流去她家，保证每天有人去帮忙做饭、喂饭，并提供其他相应的照顾。可以想象，如果仅仅看她精神以外的身体状态，在没有这种病的情况下，首先她自己一定会像以前那样，一直忙碌下去，并会不时地给子女们提供一些帮助。其次，她的子女们也会正常地去忙于自己的事情，可能最多也只会是偶尔，甚至要到逢年过节的时候，才有可能去看望她一下，而不是像现在这样，每天有亲人轮流地去陪伴、照顾她。

那么，得了这种病到底是好是坏呢？应该是对于绝大多数人来说，人毕竟是有精神、意志的，一个人会宁愿辛苦一点，也不希望到后来自己什么都不知道了，只是茫然地过着每一天。而认为这种病有好处的人，一方面可能是因为其所具有的哲学思维使然；另一方面，可能是因为有这样想法的人是个有悲观思想的人——也许是被生活的重压扭曲了其正常的人生观、世界观和价值观吧。

前面说过，到目前为止，人们还没有能够研发出彻底治好这种病的医疗手段。但是随着人类对基因和细胞，以及对神经系统的了解，已经有人设想，有那么一天，对很多病，可能只要对病人的基因、细胞，或者对神经系统进行一些深度干预，相关的病就可以得到控制甚至得以根除。也许，将来会有那么一天，对老年痴呆的人，通过某种治疗手段，可以使得其脑中与记忆相关的系统又能恢复正常功能了。

在那之前，人们只好尽量多采取一些方法，避免老年痴呆的出现，以及在它已经出现之后延缓它的进展速度。一般认为，除了得病后吃一些缓解的药外，有些方法应该可以起到预防作用，包括均衡健康的饮食，以保障各种营养的供应；适当运动，以加快身体的新陈代谢，有利于中枢神经系统的运作；另外，尤其是在进入老年的时候，要培养一些需要日常持续动用大脑的爱好和习惯；等等。其实也就是人们通常所说的一些泛泛的健康生活方式而已。

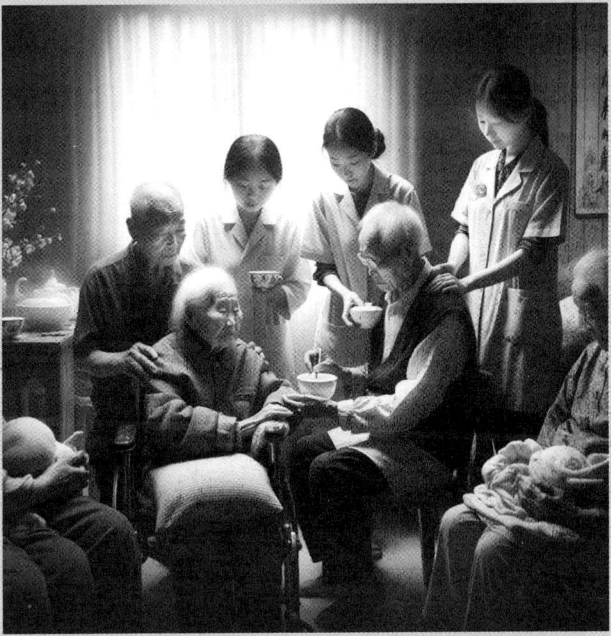

48.乐观主义和悲观主义

在现实生活中,发生不好的事情时,人们会不高兴,产生悲观情绪。发生好的事情时,人们会开心,产生乐观情绪。在那些情况下,不太能看出乐观主义者与悲观主义者的区别。但是有的人"悲观点"很低,很小的事情会使其产生很悲观的想法;有的人"乐观点"很低,很小的事情会使其产生很乐观的想法。世界上还有很多的事情,当其刚刚发生的时候,并不是明显的好事或坏事,这时候,乐观主义者和悲观主义者的区别就会很明显。

通常人们将那些即使遇到不明显是好事或坏事的时候,也往往向好处想的人,称为乐观主义者;而往坏处想的人,则被称为悲观主义者。人们经常举的最典型的例子,是同样看到半杯水,乐观的人庆幸还有半杯水,而悲观的人却遗憾只剩下半杯水了。

在生活中,遇到一件特定的事情时,人们分别产生乐观主义想法或悲观主义想法,是各有利弊的。乐观的人往往关注事情好的一面,所以会比较正面积极;而悲观的人关注的是不好的一面,所以可能会比较头脑冷静。如果每

48.乐观主义和悲观主义

个人仅仅跟着自己的本性走,则会是比较片面的。只有把好的方面和坏的方面都考虑到,才是对事物的全面的评估。因此,如果是一个工作小组,里面分别有乐观主义倾向和悲观主义倾向的人,就比较可靠、稳定。而作为个人,我们就应该在理性上提醒自己,在考虑任何事情时,包括看上去好的事情,或看上去不好的事情,都要从好坏和正反两个方面去考虑。那样,才会有更符合客观现实的、准确的判断,从而做出正确而非偏颇的决定。

一个人是悲观主义者还是乐观主义者,是会影响其在社会上的作为的。悲观的人做事往往比较消极,遇事退缩;而乐观的人则会比较积极,会在社会上努力进取。结果就会是乐观的人更易于在社会上获得认可和成功。当然,各人的其他主客观条件不一样,也会导致人们在社会上取得的成就有差异。一个悲观的人,也可能会比另一个乐观的人在社会上取得的成就更高。所以,我们只能说,一个具体的个人,如果他乐观积极一些,可能会取得更好的成就;而如果悲观消极,就可能取得较低的成就。要比较的,只能是他不同情况下的自己,而不是别人。

乐观主义态度和悲观主义态度,对一个人的最大影响,其实是其心情。现在很多人相信,一个人的心情,对于人的健康是至关重要的。乐观的人,会经常心情愉悦,也就会比较健康;而悲观的人,经常心情压抑,最后就可能伤及身体健康。世界上的事情，往往是环环相扣的。乐观的人，会进入良性循环，渐入佳境；而悲观的人，可能会进入恶性循环而越来越低落，最后走入无可救药的死胡同。

我自己曾经是个比较极端的悲观主义者。尤其是上中小学的时候，会常常沉浸在莫名其妙的多愁善感之中。自己无意中随手掐断了花草树叶，却会想到它的无辜"夭折"而为其悲哀。看到地上因人们的无意之举而遭殃的蚁虫，会感叹它们命运的无常。即使是上大学的时候，也曾经有过坐在班级集体郊游出行的大巴上，别人欢歌笑语，我却想到一切欢乐都是短暂的，大家最终都会变成坟中的枯骨（当然，我当时只是自己想想而已，并没有说出来，否则肯定会被别人当成扫大家兴的精神病了）。

一个人倾向于悲观主义还是乐观主义，并不是一成不变的。事实上，当你有足够多的事情占据你心思的时候，悲观主义思想也会无处可留的。我自己当年就是在确定了一些具体人生目标，并开始为之努力奋斗之后，慢慢淡化了自己原有的悲观主义倾向。到后来，我其实看上去更像一个乐观主义者。遇到任何事情，我都能够尽量想到它好的方面。因此，我也曾经成为我所处的团体中，一个公认的能给予他人正面积极力量的人，大家遇到什么不太好的事情时，就会让我帮忙分析出正面向好的因素，以提振情绪。连我曾经的一个美国上司，在得了一种癌症，做了手

48.乐观主义和悲观主义

术后,也希望从我这里得到一种力量。由于他不想让别人知道他得了癌症,所以只是泛泛地跟我说:"你总是能从各种事情中看到积极的一面,但是如果一个人得了重病,那能有什么积极的因素呢?"我说:"一个人如果得了重病,就会更加珍惜生命,可能包括更加珍惜生命中的一切,比如情感、关系等,而那不就是得重病的积极意义吗?"他听了后若有所思,似乎有所收获,心情变得轻松了好多。

在日常生活中,大家还是应该尽量多培养一些乐观主义的精神。如果自己原本有悲观主义的倾向,那么要尽量把它限制在哲学思维的范围内,从而遇事时能够不盲目冒进;同时要运用辩证的思维能力,从逻辑上推导出所有事物的积极的另一面。当这种逻辑训练变成一种习惯,也就会在遇事时自动想出其正面积极的因素了,从而变得和一个乐观主义者相差无几了。凭我的个人经验,最实用的方法,是给自己确定一些生活中的目标,并为实现那些目标去努力。那样,当你的心思被很多具体的事情占据了之后,你就没有时间去悲观了。

49. 从善如流与听而不闻

自从几千年前有了文字，人们除了继续口口相传和言传身教之外，又学会了用文字记录在日常生活中积累的经验教训，希望给别人和后代提供借鉴和指引。甚至那些觉得自己有使命的人，会将传存自己的人生所得思想，即所谓的立言，作为其达到一定阶段时必须做的事情。具体的人生经验和感悟，可能包括如何在社会上建功立业，如何与别人交往，如何看待世界上的一些问题，如何处理家庭关系，如何拥有健康的生活包括如何长寿，等等。

一个人如果听到或看到这些别人的人生经验和建议，在弄懂了之后，从善如流地照着去做，那么是可以少走很多人生弯路的，会因此避开很多生活中的坑，获得更多的人生成就。简单地说，人生效率是可以大大提高的，即所谓事半功倍也。可惜的是，能这样做的人却很少。

在现实生活中，绝大多数人对于别人主动介绍的人生经验，即使是金玉良言，也往往会听而不闻，视而不见。即使好像完全能搞得懂，但是基本上也就是当成一阵风吹过一样,之后仍然是我行我素,跟没有听到那些人生道理的人几乎没有什么区别。只有本人亲身经历了同样的事情,并产生同样的感悟的时候,才体会到,原来自己之前就已经知道过这些。如果涉及的是从好事中总结出来的经验,无非是锦上添花而已,所以没有借鉴实行,倒是也不会有什么大的问题。但是,如果涉及的是从坏事中总结出来的教训,等自己亲身体验到的那个时候,往往由于已经是木已成舟了,也没有什么可以补救的了,有人就会产生悔不当初的感觉和遗憾。

事实上甚至连孔圣人,在说"朝闻道,夕死可矣"时,也没有说,要把听到的道在现实中去运用、实行。因此,所谈的可能也只是满足个人智力上的好奇心而已,与一个人在现实世界中是否应该借鉴别人的经验教训,或许是没有什么关系的。

人们不能在听、看到别人介绍的经验教训后,将其作为自己的借鉴,那实在是对人类所创思想资源的一种浪费。因此而导致很多人的人生是低效的,在社会上也不能取得什么成就,或取得比较少的成就。所以有人说,太阳底下没有新鲜事 —— 大家都是在重复着不断上演的同样的人生悲喜剧而已。

我们应该从理性上,认识到人性具有这样的缺陷。那样,在发现对自己有益的,别人的人生经验的时候,就可以提醒自己，如果不加以重视，可能在任由本能主导时，会失去一些有价值的东西或机会。在此情况下，一个人应该对自己的情况进行分析：如果自己也认可了那是对自己确实有利的经验教训，就应该采取具体的步骤，去真正地在自己的人生中实行它。

大家难以实行听、看到的别人提供的有益人生经验教训，可能有一个重要原因是改变一个人的现有习惯，或建立一个新的习惯，是非常困难的事情。人生最容易的事，就是继续做每天已经在做的事情。任何对现有的习以为常的事情的改变，都会使人感觉不舒服、困难甚至痛苦。可是一个人如果希望进步，希望自己能够变得比现在更好，就必须在现有的基础上进行一些改变。

所以，我们在听、看到别人的人生经验教训时，应该对其进行充分的思考。在分析各种利弊后，对于确认对自己有益的别人的人生建议，要马上开始实行。很多人可能也想改变，但是却总是想着要从明天或以后开始。那种心态是非常错误的，因为明天或以后可能又有其他理由，让你推迟计划的实行。一切都必须从现在开始，才是正确的态度。一旦开始之后，就要调动并运用每个人内心中都会具有的自制力，坚持做下去。此后在思想产生动摇的时候，要基于之前分析过的长远利益，仍然坚持不懈。当你熬过一段时间的适应过程之后，你坚持

49.从善如流与听而不闻

做的事情，就会慢慢成为你新的习惯，那时，坚持下去就变得容易起来了。于是，你就在原有基础上，有了新的进步。

151

50.名与利

古人说的"天下熙熙，皆为利来；天下攘攘，皆为利往"，如果将其中的"利"字后面加上"名"字，在某种程度上可能会更准确。大家都知道，"利"通常指物质利益，而"名"则通常指名气、名誉。如果把"名"解释为给其获得者带来的物质利益之外的其他一切好处，它可能会与广义上的"利"有一些内容上的重复交叉。

除了那些不做人生努力并选择彻底躺平的人以外，绝大多数人在世上忙活一辈子，确实无非就是为了"名利"这两个字。有的人可能对利看得更重一些，而有的人则可能对名看得更重一些。传统观念上，一般认为名的层次更高一些，那是因为文人们通常更看重名气、名声，而历史文化是靠文人传存下来的，于是文人们就把自己看重的东西，树立了更高级一些的形象。然而在现实世界里，有些人更看重利。见利忘义说的也是这种情况，只是在这里"义"是与"名"的广义范畴有关的。

在正常的社会状态下，名和利应该是一致的，而名利之间更是相辅相成，可以相互转换的。一个人有了名的同

50. 名与利

时或之后，往往也就有利跟着来了。而有了利之后，人们也会得到相应的名，或者更容易得到名。

就利而言，其被取得的过程可能是符合道德的，也可能是不符合道德的。但是利的物质本身却没有好坏高低之分。

可是名却不一样，除了其取得方式有是否妥当的问题之外，其本身也可能有好坏之分。得到好名声的人，会被大家羡慕、敬仰；而得到坏的名声，通常可能会被社会所唾弃和厌恶。

名利可以自然地取得。比如有人在社会上建功立业，得到很好的名声，然后被给予报酬、奖励、回馈；又比如一个作家出版了书，红火大卖，既赚了很多钱，又名气大增；等等。

名利也可能是依靠人为操纵、炒作而获得的。比如有人会动用各种层出不穷的宣传手段，脱离真实情况地把某些人吹得天花乱坠、甚嚣尘上，因此也能名声大噪，并通过各种相应的手段赚得盆满钵满。正直的人是会对这种现象嗤之以鼻或不以为然的。

对于个人来说，利是现世的东西，而名则可能是后世才得到的。有的人生前籍籍无名，但是死后却突然出了大名。如果生前也没有得过利，那么此人一辈子可能是生活很悲惨、穷困潦倒的。死后出名了，也会有相应的利出现，但是对于此人而言，却是无利可享了，最多也只是相关的利益萌及其家人、后人，甚至毫无关系而专门利用其图利的别人。从个人实惠角度来说，当然是在活着的时候名利双收才是最佳的局面。现代社会里，这种现象还是有很多的，那也许是人类的进步吧。

人在社会上做一切事情的目的，很难逃出名和利的范畴。但是有的人却会说，自己做事情不为名利。其中有的人，事实上是在说欺骗别人甚至欺骗自己的假话。仔细分析下去，他仍然是在追求某种名或利，只是其形式和内容比一般人所追求的名利更隐蔽一些而已。另外一些人，其更正确的表述方式应该是，他把名利看轻、看淡了，或者不纠结于一时一地的名或利了。同样，如果深入分析，归根结底，他事实上仍然还是为了名或利，并且会在意某种相关的名或利的。

对于个人来说，名利都是一段时间内社会对人的反馈，很难有亘古不变的名。利的来去消长，更可能是瞬息万变的。往往是时机一变，一切也就跟着不一样了，甚至会发生天翻地覆的变化。因此，就很多人而言，往往是眼见他起高楼，眼见他宴宾客；然后不久就是，眼见他楼塌了，眼见他宾客散。有的人上一段时间可能是风光无两，如日中天；下一段时间就被人遗忘，名利两散了。只有大自然本有的一切，才与日月长存，所以杜甫说过："尔曹身与名俱灭,不废江河万古流。"

　　对于普通老百姓来说,在世一生,可以适当地为名和利做一些努力,尤其是在年轻的时候。但是不应该过分追求名利,因为过分了,可能就会物极必反,至少是可能会伤及身心健康。而一个人到了中老年,尤其是老年之后,就更应该看轻看淡名利。任何时候,健康都是最重要的。一个人在不损害身心健康的前提下获得名利,才真正有现实意义。而有些时候,只顾耕耘,不求收获的态度,才是更有益于人的身心健康的。

51.再谈夫妻关系中的忍让

现在,夫妻能一直白头偕老的,越来越少。如果仔细分析造成这种现象的原因,可以发现,那可能是因为夫妻关系中缺少了忍让这种关键的态度。

有血缘关系的两个人之间形成的亲情关系,由于一般是从另一方出生的时候就开始了,并且伴随着其成长和逐渐形成性格特点,有一个相互慢慢适应的过程,所以相对来说,比较容易维持长期的良好关系。

而绝大多数情况下,原本无关的两个人结成夫妻,并长期生活在一些,相互之间所暴露出的需要相互适应的问题,当然会使维持这种关系成为一件非常艰难的事情。现在的男女结婚之前,一般都会有比较长的相处时间,有很多人在这个过程中,就会发现对方有很多不可容忍的特点,因此就决定不继续往前走了。当然,也会有一些人,为了能够走到结婚那一步,在之前的阶段,是会在一些自己不好的方面做一定程度隐藏的。但是进入婚姻后,一般就不会有人做什么隐藏了,过了一定的时间,就会原形毕露了。因此,进入婚姻的人,也可能会由于不想再忍让对方不可

51.再谈夫妻关系中的忍让

容忍之处,最后就发展到了分道扬镳的地步。

所以夫妻关系要长期维持下去,必须要对对方有足够的忍让,甚至是极度的忍让。忍让可能是双方相互的。但是在现实世界中,双方都能平等地相互忍让的概率其实是很低的。通常会有一方忍让的比较多一些,而能够长期维持下去的婚姻,往往至少需要有一方能达到极度忍让的程度。一般从男女双方开始交往时,就会自然而然地有某种程度的相互忍让。而能起到维持长期夫妻关系决定性作用的忍让,往往是一种超越一般的,在当事人之外的人眼里的极度忍让。

忍让的基础原因,应该主要是出于对另一方的某种依赖。它可能是客观经济、物质条件的依赖,也可能是主观上精神、感情、心理方面的依赖。而个人的性格特点及其为人,可能也会对一个人是否做出忍让及忍让的程度起到很重要的作用。

在传统的夫妻关系中,尤其是在历史上,可能女方极度忍让的会多一些。在传统的男性主导的社会里,首先是社会制度和氛围对女性有压制,导致女性往往严重依赖男性来提供生活的基本条件,而且大家都期待女性在夫妻关系中做出忍让。除了极个别的情况,在历史上绝大多数的夫妻关系中,往往是女性在夫妻关系中处于相对较低的地位,所以在出现相互矛盾和冲突时,女性会选择忍让包括

157

极度忍让，甚至还可能在事先就选择避免矛盾和冲突。

但是进入现代社会后，情况发生了变化。很多女性也能够独立自主地在社会上获得一席之地，所以不需要男性提供生活的经济、物质条件了。在这种情况下，女性就失去了极度忍让的客观必要性。如果女性在主观的精神、感情、心理方面也没有对男性的依赖，那么女性可能也就会选择不忍让，至少不极度忍让了，因此，走入婚姻阶段的就少了，而结了婚的，很多也中途离婚了。

通常认为，男女之间无论是因为传统文化的熏陶所造成的，还是由于某些生理构造的原因，往往是女性比男性在遇到事情时更感性，并且在发生夫妻之间矛盾（甚至出现与双方没有关系的问题）的时候，女性更容易缺乏理性地向男性发脾气。因此在现代的能够长期维持的夫妻关系中，往往是男性极度忍让的更多一些。从另一角度来说，在女性没有必要像过去那样无条件地忍让的情况下，如果男性也不能更多地忍让，那么男女可能就走不到结婚那一步，或者即使确立了夫妻关系，也不能长期维持了。

有很多类似的段子，讲白头偕老的夫妻，在被别人咨询相处之道时，所说出的人生经验，表面上似乎没有任何逻辑，或貌似很无厘头，比如男的会说，老婆说的一切都是对的，或者说一切听老婆的；女的也会说出类似的话。这种说法，就是在用另一种方式，描述在夫妻关系中，极度忍让的重要性。听到这种故事的人,如果是本来就有亲身体会的人,可能是会心地一笑;而其他人可能只是当成一个文字游戏般的噱头而一笑了之。其实,故事里所表现的极度忍让,真的就是很多现代夫妻关系,尤其是比较好的现代夫妻关系能长期存续的根本原因。

一个人能够做到极度忍让,也许与其性格和为人是有一定关系的,即与日常所说的"好人"的概念有关。我曾经与一个朋友闲聊,他说他的夫妻关系中矛盾很多,想离婚了事。我跟他说,基于我对人间世态的观察,像他那样的人,在他那样的夫妻关系中,对于他们夫妻关系的是否存续,他的想法并不重要。能够起决定性作用的,应该是他妻子的想法。如果她不想离婚,他怎么想都没有用;只有当她真想离婚了,他们才有离婚的可能。那个朋友当时有点不服气,可是其后的事实证明,我的判断是正确的,他们的夫妻关系一直维系了下去。当然,关于性格和为人在这方面的作用,并不仅仅局限于男性,而是也同样适用于女性。

非传统的伴侣关系,如果指望长期延续下去,忍让应该也是其前提条件。推而广之,在一般人际交往关系中,道理也是同样的。双方能相互忍让当然最好,但是事实上往往需要有一方忍让得更多一些,否则就很难维持长期的友好关系。

在人与人共存的社会上，忍让不应该被当成一种屈辱，它应该被当成基于修养和品德而表现出来的一种态度，一种社会上应该提倡的美德。当很多人都能够相互忍让，社会可能也就更太平了。

只要不涉及根本性的原则问题，有所忍让，甚至是极度的忍让，对于维持一个和谐的环境来说，从更长的时间维度去看，通常都是值得的事情。而现实世界里，人们之间发生矛盾，涉及根本性的原则问题并不多，通常使得人们发生矛盾的，不过都只是一些鸡毛蒜皮的小事，尤其是在家庭里面。所以，能够忍让的，就多忍让一些吧，哪怕是极度的忍让。

52.从现在开始

一个人想采用一些新的、更好的工作或生活方式,改变一些现有的、不好的工作或生活习惯,诸如在涉及健身、减肥、健康饮食、规律作息时间等方面,如果真的希望它能够发生并持续,最简单有效的方法,就是主动从现在开始实行。否则,不管你某个时间段里有多么完美的设想,往往到最后仍然只是落得一场空。

当有人说出或写出自己的思想,而别人没有说出或写出,或者说出或写出了不同的思想,那是能看出他们相互之间有区别的。但是如果仅仅停留在思想阶段,则人和人之间,其实是看不出来有什么不同的。生活在人的世界里,大家对于什么是好的,什么是不好的;什么是对个人有利的,什么是对个人不利的,还是能够有一些基本的共识的。因此,每个人的心中都会明白,诸如努力去拥有健康正常的身心,以及建立保证身心健康的工作和生活方式及习惯,等等,是好的事情。如果一个人没有或失去了健康的身心,或有不好的工作或生活方式和习惯,其内心中也是会对自己不满意的。因此,仅仅产生想做出改变的念头,应该是每一个人都可能和可以轻易做到的。

真正将人们区别开来的,是有了想法后,是否主动从现在开始就实行并坚持下去。

很多人都会想到或意识到自己应该采取某些行动的必要性,并且甚至可能会想到如何具体地去实施,但是却不能主动、马上去做。往往是在想象中,要从以后的什么时候才开始去做,比如明天、后天、周末、下周等。但是等到明天、后天、周末、下周或其他什么时间的时候,却又会因为某种原因和理由,没有去开始,而是又往后推迟了开始的时间。于是就这样进入一个又一个的恶性循环,到后来某个时候,可能就彻底放弃了。因此到最后还是一直没有开始,什么也没有做。就像明朝的钱福所说的那样:"明日复明日,明日何其多。我生待明日,万事成蹉跎。"这样的人,事实上与那些根本就没有产生过任何想法的人,是没有什么区别的。

所以主动从现在就开始实行好的想法的人,往往才是真正能够让那些想法得到实现的人。只有想到了之后,主动、马上就去做的人,才能够从众人之中脱颖而出。这种人通常也会在其他方面良性循环地形成严格的自律。社会上的各行各业中能够取得卓越成就的人,很多就是这样的人。

其实主动从现在开始这种行事风格,与活在当下的人

52.从现在开始

生态度是有关系的。生活中除了有很多人，整天只是空想而不实际去做事情之外，还有很多人会经常沉湎在对过去的辉煌的怀念中，或对过去的错误的后悔之中。其实这两种态度也都是错误的。过去的事情已经过去了，你可以适当地总结、吸取一些经验教训，但是"逝者已往"，再去多想它其实也已经没有什么实际意义了。而未来可能会受到各种各样的主客观因素的影响，有很大的不确定性。所以最恰当的人生态度，应该就是活在当下，重视、珍惜当下的一切。如果有想要做的事情，就主动、马上去做，从而保证至少从现在开始，活出无怨无悔的人生。一直坚持这样做下去，在所有的未来时间里，也都是主动、马上去做，那么就有极大可能活出一个超凡脱俗的人生（因为绝大多数普通人不能开始或不能坚持下去）。

就人际交往中想做的事而言，建议主动、马上就去做，与人生无常这样一个残酷现实也是有关系的。人生在世，即使由于任何主观或客观原因而独处的人，也会与别人发生千丝万缕的联系。有的人会在你的一生中，产生特别重要的正面或负面的影响。因此，在很多人的心目中，对于某些人是会心存一些特殊的感情。但是由于世事的变迁，或者各式各样其他因素的阻碍，往往会使得某些人，即使心里曾经一直想着要向某些人表达一些什么，或做一些什么事情，却一直只是停留在思想阶段，并自我安慰：来日方长，后会有期。然而现实却是，世事是无常的。你完全不知道什么时候，其中一方可能就会发生某种不可逆转的状况，比如一个人意外死亡了，从而导致原来想做的事情，永远不可能去做了。因此，从这个角度来说，也应该是，想做的事就要主动、马上去做，尤其是对一些曾经对自己有过重大帮助的人，或者自己无意中伤害过的人，想表示感谢或者道歉。否则，一旦意料之外（突发事件）、情理之中（世事无常）地永远失去了机会，就是终生的遗憾了。

53.正面情绪与负面情绪

人是唯一具有齐全的七情六欲的动物。而情绪，则是人在主观或客观情况的影响下，基于本能反应，以面部表情和言行的形式，所表现出来的对外界事物的态度及相应的行为。它又会进一步影响人们的后续行为和思维。情绪包括正面情绪和负面情绪。

正面情绪，指人所表现的积极的态度和反应，它能够使本人和别人感觉愉悦。通常正面情绪包括满足、感激、喜悦、自信等。

负面情绪，指人所表现的消极的态度和反应，它会使本人和别人感觉不愉快。通常负面情绪包括愤怒、憎恨、悲伤、焦虑、痛苦、恐惧、沮丧等。

人在这个世界上生存，只要有意识，即使不与外界发生任何联系，也会因为自己的经历而产生正面情绪或负面情绪。情绪除了当时使本人或受影响的别人处于一种愉悦或不愉悦的状态之外，还可能对人的身心产生长远的影响。经常处于正面情绪之中，并且能够掌控一切情绪而避免出现长时间剧烈的情绪波动的人，往往会健康长寿。而长期处于负面情绪之中的人，往往会产生各种各样精神和肉体上的疾病，严重影响人的健康，甚至可能会使人英年早逝。情绪是每个人都难以避免的，而它又会对人产生广泛和深远的影响，因此会有如何面对和应付情绪，尤其是如何处理负面情绪的问题。

有人从生物医学的角度解释，情绪虽然是一种产生于主观意识的活动，但是它通过人的精神状态和神经系统的作用，会使人体产生某种变化。尤其是负面情绪，很可能会损害人的健康，使得不好的疾病出现或发展，甚至包括癌症之类的疾病。社会上经常会出现，有一些人，因为各种主客观原因而遭受到某些其自认为严重的人生打击，他们没有能够努力找到新的希望，从而培养出正面情绪，而是长期处于相关的负面情绪中不能自拔，结果往往就会产生一些严重心理甚至生理疾病，也就是所谓的积郁成疾，最后过不了多少年就可能会命归黄泉。然而别的有类似人生经历的人，有的却能够经过主客观努力而妥善地处理相关事件、经历，最终摆脱负面情绪的侵扰，从而走出困境，重新拥有正常的身心健康，甚至再次焕发人生的光彩。其区别就在于如何以妥善的方式应对情绪，尤其是负面情绪。

虽然情绪是人的一种本能反应，但是人也是可以通过积极的训练，而后天培养出与本能类似的一些"机械反应"。人们也可以通过一些相应的努力，对情绪进行调节。

比如说，人们可以关注并发现生活中能够使自己处于正面情绪的事情和活动，比如某些娱乐、运动项目等，然后主观上努力多让自己做这些事情，那样就有可能使自己尽量多地处于正面情绪之中。

对于负面情绪，如果不予以控制，人还可能会失去理智，从而做出后患无穷的唐突事情。所以一个人在经历负面情绪的时候，首先应该在理智上意识到自己所处的情绪状态是一种自然反应，然后可以分析其具体的过程和细节，那样当场就可以淡化负面情绪对人的不利影响。其次，人们应该动用自己平时了解的能够缓解负面情绪的一些方法，比如与朋友聊天，听音乐，等等，同时寻求克服和摆脱负面情绪根源的更多方法。如果是一些人生打击，则需要用辩证的思维方式，看到问题的另一面，从而在失败中寻找教训（以便今后避免），在绝望时寻找希望（一条道的断绝，通常只是意味着你更适合走另一条路），以便给自己的人生注入新的活力。

人们也应该培养自己的定力，不要受别人的情绪，尤其是别人的负面情绪的不利影响。如果自己的负面情绪来源于别人的言行，那么就应该理性地提醒自己，要跳出和化解相关的问题；如果是因为学习、工作、生活的环境所致，就应该努力改换到别的环境；如果是不好的人所带来的，就应该避免接触那样的人，与那样的人断绝来往。当然，最主要的，还是要像前面所说的那样，用各种有效方法调节自己的情绪，调整好自己的心态。

通常来说，正面情绪对人是有益的。但是，人们进入老年阶段，尤其是暮年时，连强烈的正面情绪也应该予以控制或避免，因为强烈的正面情绪也是会极大地损耗人的精力，并对人的身心造成强烈刺激的，而很多老年人的心血管系统，往往经受不了太强烈的刺激。现实中，老人有时会发生一些乐极生悲的憾事。所以，到了人生的最后阶段，要尽量维持平和的情绪状态，这才是对人的身心健康最重要和最有益的。

从某种意义上来说，每个人的人生其实都是一场修行，所以每个人都应该训练自己控制、调节、应对情绪的能力，从而度过完整而圆满的一生。

54.大智慧与小聪明

大千世界中生活着各种各样的人。这些人中只有少量的人，拥有异于常人的人生大智慧；也只有少量的人，具有一些高于别人的市井小聪明；当然也还有更少的一些人，两者兼而有之；而大多数的普通人，则可能一样都没有。

所谓人生大智慧，指基于个人的综合认知而几乎像是出于本能，无须思索地，对于人生的一些重大方向、问题，能够有正确的把控和选择，以及在一些重要事项方面，能够在既有的主客观条件的情况下，做出利益最大化的、明智的决定。这可能涉及人生道路的取舍，交友的范围和深浅，恋爱婚姻对象的选择，对工作、职业的掌控，等等。具有人生大智慧的人，往往比较能顺应时代的大潮，可能成为时代的弄潮儿，取得事业上的成功，或使家道兴盛，以及得到舒心的工作和生活环境，等等。在与人交往方面，人生大智慧可能与高情商有一些类似的地方，而区别则在于，拥有人生大智慧的人，其言行更像出于本能，而没有经过权衡利弊的过程，但是高情商的人往往至少要进行某种程度的利弊权衡。很多拥有大智慧的人，只是在有限的几个方面，甚至一两个方面具有大智慧，而在其他一些同样也很重要的人生大问题上却与其他普通人一样，犯一些低级的错误。只有极其少数的人，能够在几乎人生所有的重大问题上，都具有大智慧。没有或缺乏足够人生大智慧的人，可能只是随波逐流，最后被社会发展的浪潮翻压在下面；也可能在生活和工作时经常被掣肘，没有顺心舒畅的环境和氛围；或者直接就成为生活的失败者；或成为芸芸众生中辛苦的身心劳累人。

而市井小聪明，则指在日常生活中，总是能在纷繁复杂的世事中，比较出细微的差异，或者发现一些不明显的，别人不太注意的对自己有利的地方，从而去获得一些别人没能得到的利益，或避免一些别人可能会遭遇的不利的事情。它也可能表现在很多方面，比如说得到一些物质利益，得到一些好处，以及得到别人的认可和赞赏。在与人交往方面，小聪明有时也可能与高情商有一些类似的地方，而区别则在于，具有小聪明的人完全是出于利弊的权衡，但是高情商的人在某些时候像是出于本能。没有或缺乏小聪明的人，就像站在河边的旁观者，虽然能捡到波浪推送到脚边的一些东西，但可能不会主动去寻获额外的好处和利益；或者表现为人们通常所说的直心眼甚至缺心眼、一根筋，在日常的工作生活中讨不到什么便宜，或者会吃很多小亏。

54.大智慧与小聪明

具有人生大智慧的人，如果没有同时拥有市井小聪明，通常会不在意重大问题之外的东西，即使对于明显的不同选项，也会不置可否，随便、随意；或者虽然也同时拥有小聪明，但是当大智慧的选择与小聪明的选择不一致的时候，会遵循前者的指引。他们表现出来的，可能是大智若愚的一种状态。在别人看来，可能觉得他们有时做的事情显得有点傻，但其实那可能是因为他们至少在当时不在意不利结果与可能是更好的结果之间的差异。

只具有市井小聪明的人，有点像"只见具体的树木而不见森林"的人。如果他们不知道控制自己，在任何情况下都只关心如何能得到那么一点好处，则可能会发生贪小便宜吃大亏的情况，比如说从长远来看，失去别人的尊重，失去信任，让别人看不起，因此失去今后更好、更大的机会等。总之，如果一个人没有大智慧，只有小聪明，那么他只会得到一些小实惠，但是从人生的整体来说，不会有什么大出息，并且往往只能在生人面前得到一些好处，而在熟悉的人那里，则并不能讨到什么实质性的便宜，或者会失去更多非物质的东西。拥有大智慧的人，可能只是在某些方面有大智慧，而在其他方面可能与普通人一样糊涂；但是有小聪明的人，往往在生活的很多方面都会有小聪明（只是他们有时可能会因为没有大智慧而因小失大）。

人世间只有极少数的人，可能既具有人生的大智慧

（可能只是某些方面），同时也拥有小聪明。那样的人，往往事业、家庭生活都比较圆满：他们既能在事业、家庭的大方向上，选择比较适合自己的道路和环境，又能在日常生活中得到一些别人没有意识到的好处和实惠，整体上来看，是人生多方面的赢家。而且即使他们的主客观条件有限，也往往能在社会夹缝中努力拓展出适合自己生存发展的空间，并能够在有所建树的同时，保全人格的基本尊严和保证自己的身心健康。

同时拥有大智慧和小聪明的人，在二者发生冲突的时候，往往会依据大智慧的指引做出选择。所以有时可能会看到，即使他们明明知道一些小聪明的实惠和好处，但是他们仍然会主动放弃掉，或者做出一些牺牲，从而换取人生中比具体实惠和好处更重要的东西，比如说名声、威望等方面的东西。

在某种程度上，或者从某种角度来看，同时具有大智慧和小聪明的人，可能与现在社会上所说的精致的利己主义者有相似之处。但是区别在于，前者绝不会在任何情况下损害别人的利益，即使是在他们发挥小聪明，得到了一些好处和实惠的时候，其前提也是没有使别人的利益受损；而精致的利己主义者就没有那样的道德上的禁忌。

生活中发现自己处于局促状态而不能自拔的人，一定至少是在某些方面缺乏大智慧，或者缺少小聪明。意识到自己是因为受到主观条件的限制，也就应该坦然地接受即使是不好的现实，而无须怨天尤人。当然，一个人如果能够通过努力，提升自己，从而至少在某些方面能够具有大智慧，以及小聪明，那么他的人生可能就会过得更舒心一些。

55.命与位的相配问题

说到抽象的命,会使人觉得有迷信的色彩,但是其实相关的说法,也可以从非迷信的角度来解释,比如说,通常命是指与生俱来的、人一生的贫穷或富有,以及生存质量的高低和长短。如果跳出迷信的圈子,它其实可以指的是,一个人一辈子所处的环境所决定的其一生的整体发展轨迹及其归宿。

"命"这个字经常与"命运"这个词组通用。但是"运"字本身有它自己的意思,它指的是一个人在其人生发展过程中,能够维持、推动、偏离甚至逆转后续方向的,客观发生的一些事件。它可能包括遇到的一些人或事及其引起的一些人际交往与互动等。根据给人带来的是好处还是坏处,它可能叫好运,也可能叫坏运。由于运的变化,人的命也进一步展开、延伸、演化。

这里要说的"位",指人在主客观因素的作用下得到的在社会上的位置。它可能包括一个人在社会机构中的职位,也可能包括在家庭关系等人际关系中所处的位置,还包括掌控社会财富的状态,等等。

一个人在社会上的位置,既可能是一成不变的,更可能是不断变化的。比如,由于客观条件的变化,尤其是加上个人的主观努力,经过若干年,本来一个籍籍无名的人,可能会成为一个在某些领域名声显赫的人;原先一个普普通通的人,可能会变成一个在社会上飞黄腾达的人;曾经一个穷困潦倒的人,可能变成一个富可敌国的大商人;当年一个窘迫的学子,可能会学富五车,成为一个名师大儒;等等。而这些巨大变化的发生(可能伴随着一系列事件——"运"的出现),通常只是在区区十年左右的时间内完成奠定基础的过程,并在二三十年内定格成形。

命与位是互动的,它们之间既可能是融洽协调、相互促进的,也可能是矛盾冲突、此消彼长的。一个人出生和成长的环境和条件所决定的命,通常会对他将来在社会上获得什么样的位置有重要的影响。另外,一个人既有的命,即由既定的主客观条件和环境所决定的人生发展轨迹,可能也会影响其某些位置的变化(即某些运的出现)能起到什么样的作用。比如说,发生同样的一种位置变化,对原本具有不同命运的人,影响可能是完全不同的。同时,当一个人在社会上的位置因为主客观原因而发生变化时,也是他的运变化的过程及其表现形式,而他的命也就跟随着展开、延伸、演化。从好坏的角度来看，命和位之间的互动既可能是顺向的，比如说一个人位置变高了，财富变多了，他或她也变得身心更健康，从而延年益寿了。但是也可能是相互偏离甚至反向的，比如说一个人拥有了很多财富，然而他或她纵情声色，结果伤害了身体，不能颐养天年；或者权位升高但是野心膨胀，结果害人害己；或者应付不了高位所带来的巨大压力，而导致最后身心受损，甚至一命呜呼。如此等等，不一而足。

一个人在社会上变化了的位置，也会对他的言行举止及身心的投入有相应的新要求，还会引起人的主观心态的变化。而能够符合新位置要求的，是正向的互动发展，否则可能就会出现偏离甚至反向互动的问题。

一个人在社会上工作、生活、发展，应该随时关注自己在社会上位置的变化给自己带来的感受。基于个人本来的主观条件，包括基因的因素，以及之前积累的生活经历，有的人能够适应新位置的变化，自己感觉很享受，身心很舒畅，各方面都融洽、顺利，那么就说明自己的命适合那些变化，就可以放心地顺应事态的发展，使得自己的人生发展到下一个层次。

但是有的人可能会感觉新的情况不适合自己，适应不了新的变化。就像一个人，突然要去挑一百五十斤的重担，有的人可能本来就很强壮，那就没有问题；有的人经过刻苦锻炼，经过一段痛苦的适应过程，最后也能胜任。但是，总是会有一些人，由于先天基因的局限，或者后天其他情况的制约，永远也挑不起那样的重担；或者即使能够勉强撑起，最后却会伤害了身体，以致折损人的寿命。社会上的一切其他位置变化，也都是同样的道理，包括对金钱财富的掌控，权力职位的变化等，逻辑上都是如此。

所以，如果一个人位置的变化并没有给自己带来好的感觉，或者反而产生各种各样的问题，又或者自己的身心健康因此而往不好的方向发展，那么就需要考虑是否应该对当前的状态和今后的发展方向进行调整，甚至可以为了身心的健康而考虑急流勇退、另辟蹊径等。反之，如果在明显感觉有负面作用的情况下，仍然随波逐流、听之任之，那么最后就可能会承受一些相应的严重的负面后果，比如有的人可能会坠入工作、生活及经济困境；有的人可能会举步维艰甚至身陷囹圄；有的人可能会英年早逝、不得善终；等等。

关于位与人生其他因素的相配性问题，人们通常所说的，只有德是否配位的问题，但是其实命是否配位也是很重要的。德是否配位，其实影响的主要是别人。而从对一个人自身的影响角度来说，命是否配位才是更重要的。人们应该对其有清醒的认知，并在实际工作生活中有适当的考量、权衡和相应的作为。

概括起来说，人一出生，就有命的问题，但是那只是说，基于其出生时的主客观情况，如果一切正常发展，可能出现的人生轨迹，在这里起作用的有个人基因等因素，也有家庭、社会生活条件和环境等客观情况。在人的后续成长过程中，可能会发生一系列主客观情况的变化，包括环境的变化，也就是说，可能会出现一些运的变化，那么人的发展道路就会发生变化，即命也就相应地展开、延伸、演化。而人在社会上位置的变化，就是一种客观情况的变化，它也会导致人的命运的进一步发展。如果变化后一切是协调的，就是正面的、好的事情；如果失去了整体的协调性，就可能会出现上面说的偏差，甚至产生反向的、坏的结果。那种情况下，就有在认识清楚的前提下，是否应该积极主动调整的问题。

当然，也可能会有一种情况，即一个人明明知道自己追求或维持某种位置可能会对自己的命运有负面影响，比如说，可能会伤身折寿，但是为了一种名誉，或者为了某种自认为更有意义的追求，包括对精神理想的追求或物质享受或其他任何方面的向往，仍然要一心一意、义无反顾地为之努力而无怨无悔。那则属于知情的选择，与了解命与位的相配性，并尽量实现二者之间的协调，就没有什么关系了。

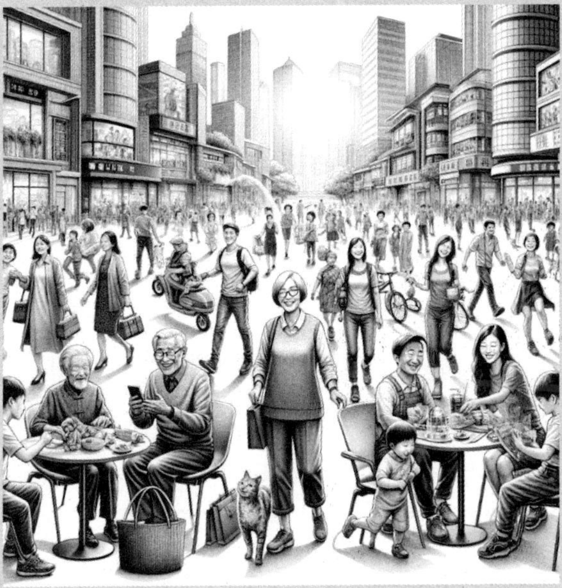

56.彻底告别职业工作

去年十二月进入正式退休身份状态到现在，马上就满一周年了。从那时开始，为期一年的与原公司的顾问关系，也要结束了。事实上从今年三月份开始，我办好与继任接班者的工作交接后，就彻底停止全职工作，算是已经与职业生涯正式告别了。

自从十八岁上大学读法律专业，到六十岁过后正式结束职业生涯，我在法律的海洋里浸泡了四十几年。其中有完整的十三年在大学（包括在上海读大学本科的四年，在北京读研究生的三年，留校教法律的两年，以及在加拿大的大学的法学院读书、接受再教育的四年）中度过；然后就是在加拿大的律师事务所，和在北京和香港的国际律师事务所分支机构工作的约十一年（包括成为合伙人和中国办事处负责人的七年）；以及后来担任跨国公司中国子公司法务部负责人的十八年。

在我四十多岁时，我母亲心疼我每天早出晚归、忙忙叨叨，又经常在国内外出差，似乎很辛苦的样子，就跟我说，人一辈子挣钱是没够的，差不多就行了。她认为我那

56.彻底告别职业工作

时挣的钱就应该已经可以够我一辈子用了,所以应该可以退休不干了。我当时应该正是意气风发的时候,所以只是不置可否地敷衍了她几句。而我自己那时与别人闲聊,偶尔接触到退休之类的话题时,我当时脑子里想的,跟别人说的也是,鉴于我从事的律师职业非常依赖于经验,老律师可以起到其他专业的老人难有的作用,所以我老了以后,会一直把工作做到死,或者到脑子糊涂(比如说老年痴呆)为止。在我执业所属的普通法体系里,那是有可能的。

可是世事的发展有时是难以预料的。等到我进入五十多岁,朝着中国法定退休年龄进发的时候,妻子开始不断地吹起了另一种风向。基本意思是,她父母都不长寿,没有好的遗传基因,而她自己已经开始有了一些常见的慢性病。因此希望我能尽早退休,趁着她身体还好的时候,可以多陪她世界各地走走,也能与在海外求学的儿子在一起多待一些时间。她甚至还像我母亲当年那样,从五十多岁开始,常常会说自己活不了多少年了(虽然我母亲后来健康地活到了一百岁才去世)。妻子那样呈现出来的要求,我是无法拒绝或反驳的。

于是从那时开始,我就开始不断地调整自己的心态,为尽早退休做具体打算和心理准备。到中国法定退休年龄办退休手续的时候,应该算是水到渠成,完全调适到位了。其实,停止全职工作对我而言,在劳动收入方面来说,首先是没有继续职业工作了,所以也就从原来多年的高薪状态突然进入了完全没有劳动收入的状态了,而退休金比起之前的劳动报酬,数量上急剧下降;在人际关系方面来说,从一个在国内近千人小团体内(主体人员大多是专业人士)被上下重视、被中青年尊敬仰赖的专家领导,突然变成了一个在家庭生活中一无是处的笨手笨脚的人;从日常生活方面来说,之前近三十年几乎没有离开过工作,连换工作岗位也基本是无缝衔接(在上个单位于周末结束工作,就在下个单位从下周一接着上班),休假时也从未真正将工作暂交给别人代管,现在是突然进入彻底脱离全职工作的状态了。所有这一切,似乎都表明,我彻底结束全职工作,应该属于一种人生中的急流勇退。

这大半年以来,我一直在时不时地考虑,是否应该找一个兼职,继续做一点法律工作,发挥余热。当然,与退休的根本原因相一致,前提必须是平时不需要坐班,可以远程处理工作方面的事情。随着年底的临近,我之前曾经同时拥有过加、港、英、中四个司法区域的律师资格,后来每年缴费维持其有效性到现在的港、加律师执照,又面临是否在新年继续维持的问题(正式做法律工作应该是需要的)。

慢慢地,经过一段时间的考虑,我的思路越来越清晰了。首先,作为一个可能会浪迹天涯,无固定行踪的人,

56.彻底告别职业工作

对于真的希望我去发挥余热的机构来说,我无论怎样灵活地安排工作,可能都是难以合适的,也是不公平的。其次,基于多年的思考,以及儿子的督促,并经过近一年的试行,我已经每天都能为写文章做一点事情(包括考虑话题、要点、搭框架、填补修改内容)。这是可以在任何地点、任何时间都能做的,可以像我儿子希望的那样,保持我的生命处于积极、活跃、产出的状态,但是属于业余的事情,因此它没有职业工作的局限。尽管实践已经证明,我最初设想的每天完成一篇文章是不太现实的,但是在几天之内不慌不忙、轻轻松松地完成一篇文章或诗文,现在还是完全可以持续的。目前看来,它确实完全有可能成为我后半辈子一直坚持做下去的、可做的事情。经过边尝试边调整,在写作内容上,从曾经考虑过写自己的经历和旁观过的在中国的外企高层故事,到试写过若干篇普法文章,再到从外星人观察地球的角度描述人间种种,到最后落脚在了信马由缰地随手写下自己关于人生的各种所思所想。现在觉得,这种写作,加上自己另外还愿意做的、每天抽空尽量学练一下钢琴、吉他等乐器,以及最近恢复的、基本每天去小区会所运动锻炼,已经完全可以成为我现在退休生活的全部寄托了。它们已经能够使得我的每一天过得很充实,甚至常常有时间不够用的感觉。因此,再有其他任何事情,包括任何职业工作,可能就是对我现在正常生活的干扰和妨碍了。

因此，决断的时候到了，我可以用本文作为一个仪式，也算是对自己的一个交代，彻底从心理上告别一个老律师的全部职业工作了。

其实，人生在世，职业工作最后一定是要断的。推而广之，人生中其他一切重要关系，最后也是要断的。无非是被动地断，还是主动地去断的问题。被动地断，最终的形式包括失去体力或智力，乃至死亡。那是有负面的味道的。而主动地去断，则是一种知情的决定，是用自认为更有意义的事情（也可能是无所事事或一片空白）去取代它，尽管可能还会有点依依不舍，甚至悲壮的成分，但是总体来说，一定是对自己的身心健康，更加有利的。当然，前提应该是不伤害、损害别人的利益。而我彻底告别职业工作，应该是完全没有任何顾忌的。

所以，我今后不会再做任何职业工作了。当然，如果将来有一天文思枯竭，没有什么自己的思想可写可记了，或者出于其他原因，不写那种东西了，也许我也有可能又回过头来写普法文章，甚至写我律师职业生涯的经历和旁观的故事。但是，那应该也不算是律师的正常职业工作了。

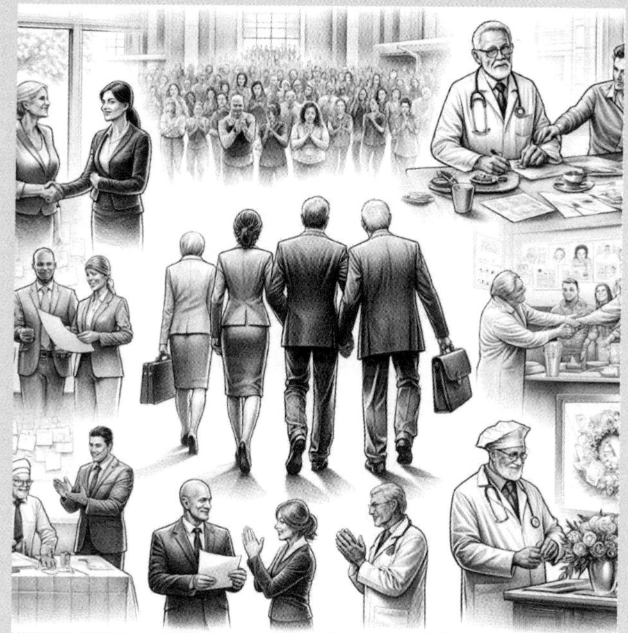

57.人生大事不应该经常推倒重来

人们在日常的学习、工作和生活中，做一些事情时，尤其是刚开始做一些新的事情时，有可能会做得不太好，甚至可能会常常出错。这时通常比较简单的做法，就是把相关的一切，推倒从头再来，希望下一次就能做好。这种现象，在玩游戏时更为普遍：每一局游戏，无论是一个人独自玩的，还是与别人对抗性玩的，输了或赢了，甚至在中途感觉不好了，一般都可以重打锣鼓，重开台，从头再来一遍。而玩电子游戏时，那样做更是简单：随手按一两个键，一切就可以重新开始了。

事实上，推倒重来有时可能是高效的。在下一次重来的时候，可能就真的成功了或做得更好了，或者多试几次后就成功了或做得更好了。但是，这更常见于玩各种游戏，包括电子游戏，以及人生中的一些小事情。对于那些人生小事，采用推倒重来这种方式，好像只能看见好处，没有什么坏处。小事本身不需要太多的投入（高级游戏除外），做错了，也没有什么大的坏结果。可是对于人生大事来说，如果也经常采用推倒重来的方式，有时可能后果会很严重。

57.人生大事不应该经常推倒重来

当然,有的人生大事,尤其是在人生早年的时候,如果确实做得不太好,自己不满意,也是可以推倒重来的。但是,对于人生大事来说,推倒重来的唯一好处,应该只是能够让你经历和体会一些重要的负面经验;而积累负面经验的目的,应该是为了让你吸取教训,以便今后能够尽量避免类似的事情发生。也就是说,对于人生大事,推倒重来应该只是例外,不能频繁地让它出现。

之所以如此,最重要的原因在于,人生大事是需要投入大量的资源、时间和精力去经营的,如果推倒重来,每一次也需要重新调集投入新的资源、时间和精力,而人的资源、时间和精力是有限的。因此,只能偶然在特殊情况下,有限地对人生大事推倒重来。在人的一生中,能够真正做事的短短几十年里,是经受不住几次人生大事推倒重来的。常常在社会上会看到一些人,东试试,西试试,不断地推倒重来,但都是浅尝辄止,结果用不了多少年,生命的黄金时期就在瞎折腾中失去了,而其人生最后也是一事无成。

其实人生中的很多大事情,即使推倒重来,在其他条件不变的情况下,很可能是没有什么更好的结果的,也许只能是简单地重复过去已经发生的情况而已。原来的问题可能还会照样出现,甚至可能会出现更多的问题。一个人自己如果没有做出根本的改变,推倒重来的结果,往往会与以前是差不多的，而人的心情可能会变得更加糟糕。这与中国古人说的，一鼓作气，再而衰，三而竭，在某种意义上有一定的同理之处。现代的好多人，谈恋爱时不断换人，甚至结婚了也轻易离婚、再婚；很多年轻人也不断地换工作。但是结果却是，很多人的情况并没有变得越来越好，有的人还可能会悔不当初。

人生大事与玩游戏包括电子游戏有一个很大的区别，即游戏中其他条件基本都是提前设定好的，是不太会变化的。因此在同样条件下，你积累了经验，熟练了，再来一次，可能在以前的基础上，就能有很大的进步。但是在现实世界中，人生的各种主客观情况和内外部条件是瞬息万变的，所谓人生无常也。重新再来一次时，往往又会遇到很多之前类似或不同的问题，因此结果并不一定会比以前好，甚至可能会比以前更糟。

对于人生的重大事项，应该只是在做选择阶段，认真比较各种不同选项的优劣利弊，严谨慎重地做选择。而一旦认定是正确的、最佳的选择，就应该严格地按照计划，一步一个脚印地执行下去。在遇到困难和挫折时，仍然应该坚持不懈，努力求成。实际上，世界上的绝大多数事情，只要投入足够的资源、时间和精力，往往最后都是能够做成的。就像人们所说的那样，胜利往往就在再坚持一下的努力之中。

57.人生大事不应该经常推倒重来

前面说过,在极其特殊的情况下,也是可以偶尔考虑推倒重来个别的人生重大事项的。而如果一个人在很多其他重大人生问题上,都能够一以贯之地坚持本心,并形成好的习惯,那么即使在偶尔有推倒重来的例外时,也就能够在下一次更加全心全意、竭尽全力地不达目的决不罢休。因此这时的推倒重来,也就有了更大的成功可能。

人们一定要知道人生大事与小事的区别。经常玩游戏的人,特别是玩电子游戏的人,一定要知道,游戏中无论是多么重大的事情,其实都是人生中的玩游戏的小事,绝不能将它们等同于现实世界中真正的大事(当然,如果玩游戏成瘾影响到正常的学习、工作和生活,那也会变成人生中的大坏事,但是那属于另一种问题)。对于现实世界中的人生大事,人们绝不能套用玩游戏的推倒重来的模式。

189

58.自律岁月长
——生日泡温泉有感

今年过生日，我们去了城里不久之前才翻新的、集各色玩乐于一处的汤泉店，体验了各种蒸、熏、泡、烤。那里更是有无限量的瓜果，以及自助餐饮，在满足了人们口腹之欲的同时，其实也是伤害了人的肠胃。闲来无聊时，我想翻看敞亮的大厅里摆到四楼天花板的中外书籍，却发现那些全是装饰用的书壳。唏嘘感慨莫名。

旧泉新泡汤，无限瓜果香。

冬日蒸寒气，敞食肠胃伤。

土豪壳装书，俗众娱乐忙。

黯然耳顺人，室内思大荒。

唯愿立言志，自律岁月长。

59.人应该经常心态归零

这里说的心态归零,指的是一个人从心理上,接受现实世界中自己所主动或被动遇到的一切事情,不管是好事还是坏事;既不再为好的事情继续兴奋、激动,也不再为坏的事情抱怨、愤懑或悔恨。这种心态归零,有利于人的身心健康,也有利于人的进步和成长。

生活中一些小事的变化,人们可能会不为所动,照常过着自己原来的日子。但是如果发生了一些大事,就可能会产生强烈的情绪波动,使得自己在此后至少一段时间的学习、工作和生活中,难以保持原来的心情和状态,从而使得自己的学习、工作和生活进一步受到影响。有的人可能会因为发生了一些大好的事情而自信心爆棚,长期处于忘乎所以的自得之中,从此目中无人,自以为是,甚至以为老子天下第一。其最后的结果可能是给别人留下笑柄、自取其辱,跌个大跟头、被现实彻底打脸,甚至可能是乐极生悲。有的人可能会在心理上被生活中极坏的事情打倒,从此变得唯唯诺诺、缩手缩脚、郁郁寡欢,以致积郁成疾,使得自己身心受损,长期进入人生的低谷而不能自拔。

出现了这两个方向的情况中的任何一种，对人都是不利的。因此，需要人们在情况进一步发展的早期，调动自己的理性思维机制，让自己明白，现实中发生的一切，都是与自己有关的所有主客观因素和条件综合作用的结果。从某种意义上来说，存在的、出现的，就是合理的、应该的。你在心态上除了一时不由自主地惊讶外，不应该有什么理性上的意外，所以应该尽快心平气和地接受它。然后，在将来，要么你继续努力促成类似的主客观因素和条件，那样你就可以获得类似的、你希望的结果；要么你可以在以后即将发生一些类似情况的时候，提前促成某些主客观因素和条件的改变，以期出现起点偏之毫厘、终点差之千里的效果，从而避免类似情况的再次发生。

当然，人们在遇到成功的事情，或其他任何好的事情时，首先可以由衷地感到高兴，并因此对自己树立信心，至少对自己的好运气心满意足，使得自己进入良性的循环，从而不断取得后续人生的进步和发展。但是，要尽快使得自己从喜悦中平静下来。要知道，事实是如果别人有你那样的主客观因素和条件，同样也会得到你那样的好事。而且山外有山，人外有人，无论你取得了什么样巨大的成就，只要走出你的小圈子，在别的时间或空间里，即古、今、未来或中、外，总是会有人超过你。所以这时候，你需要尽快地从心理上接受所发生的一切，即心态归零。那

59.人应该经常心态归零

样,你就可以站在新的高度,开始新的人生起点,不断向上,走向未来。有了正面经验的加持,又能够不为过去所累,那么你就有可能真正走出一个五彩斑斓的卓越人生。

而在遇到失败的事情,或其他不好的事情时,首先作为自然人,你一定会在情绪上受到负面影响。那是正常的,也是应该的。事实上,你应该尽量让自己把不好的情感,适当地尽快释放出去。如果当着别人的面,那样做会使你感到不自在,哪怕找一个背人的地方也行。你可以在不会产生重大负面后果的前提下,该哭就哭,该吼就吼,该发脾气就发脾气。有研究表明,人如果有负面情绪不释放出去,长期压抑在内心,是会对自己的身心健康造成严重损害的,长期来说可能会是致命的。当然,有达到同样效果的不同的释放情绪的方式,人们可以通过自我测试、训练,而去选择对自己最有效、最有利的方法。比如,要是直接与人发生剧烈冲突可能会产生不利的后果,你也可以让很多你想做的事情只是"发生"在你的脑海和想象里,那样你还能够锻炼和丰富你的想象力。

在主要是从心理上,对发生的不好的事情有及时、足量的回应后,你随即就应该告诉自己,那些不好的、你可能不喜欢的事情,都是基于与你有关的主客观因素和条件,而必然、应该发生的。既然本来就是必然会发生的事情,你就应该无条件地在现实世界中接受它。一旦你接受了它是你生命中必然和应该发生的事，你也就卸掉了由此而产生的一切心理负担。然后你就可以轻装上阵，走向你今后在此基础上必然会更好的未来乃至余生。即使你改变不了客观因素和条件，但是你至少可以努力改变你主观的因素和条件，包括努力调整自己的心态，甚至包括在极端情况下，可以设法逃离特定的环境，从而避免今后类似事情的发生，或避免其继续对自己的心理产生负面的影响，至少减轻其对自己负面影响的程度。那样，你在现有局面的基础上，就有希望尽快走出人生的低谷，奔向更好的未来。

总之，人从心理上尽快接受现实世界中发生的、与自己有关的一切，从心态上归零，有利于放下已经过去的事情所带来的负担、轻装上阵，从而尽量拥有和保持一个健康的身心状态，继续此后的人生。

60.人对于变化的适应能力

人在进入新的环境或状态时，有天生的、连自己可能都不知道的很强的适应能力。无论外界发生什么样的事情，哪怕是天翻地覆的变化，绝大多数人通常只会是在初期可能会惊讶，甚至震惊，因此相应地也会出现一些茫然不知所措的状态，但是很快就会对于变化了的情况适应下来，并继续"正常"地（可能以新的模式）生活下去。

比如说，有的人家庭发生重大变故，出现一些亲人的离世，或者妻离子散之类的事情；或者当地发生一些重大的天灾人祸，或政局大变甚至战争，导致人们流离失所，甚至饥寒交迫。在外人看来，那是生活被彻底摧毁了。一时之间，也会见到一些哭爹喊娘、哀嚎遍野的现象。但是，假以时日，无论是否因为有了自我拯救或外界援助而使得状况得到改善，还是仍然一发不可收拾、事态每况愈下地越来越差，一切都会慢慢地恢复平静，或者混乱变成见多不怪的常态；人们也会在新情况或状态下，建立日复一日的新的正常生活模式。

当然，在适应新环境或状态的同时，人们的心态也可能会发生变化。因此,适应下来之后,人在心态上可能会与之前是有所不同了。甚至有的人可能会像人们常说的那样,在发生了一些事情之后,会变得判若两人。但是无论怎样,人们的生活,都是可以按照某种(可能是新的)日常模式继续过下去的。

这里说的变化,既可能是坏的、令人悲伤、痛苦或愤怒等能够带来负面情绪的事情,也可能是好的、令人高兴等能够带来正面情绪的事情。对于这两种变化的新情况,人们都会有一个适应的过程。发生后者,一般来说,人们都不会有什么问题,因为反正都是好事情。但是发生前者时,却可能会有极少的一些人,由于没有足够的心理认知和历练,一时之间会在心理上被击垮,并在之后一蹶不振,不能像别人一样反弹,由此对未来失去信心,从而开始恶性循环。

所以,人们在理性上事先知道,人对于一切变化,都具有很强的天生适应能力,是很重要和有积极意义的。那样,当你真正经历一些变化时,尤其是一个人的生命中发生的一些不好的事情时,无论是个体的,还是群体的,甚至是更大范围环境的重大恶性事件,你都可以理性地选择处事不惊,泰然应对。当时你可能会对如何继续生活,不由自主地感到恐慌。但是,你内心中知道,像绝大多数人一样,只要熬过那段最困难的时期,你慢慢就会适应下来;

60.人对于变化的适应能力

只有极少数心理极其脆弱的人,才可能会在心理上不能接受新的变化和环境,而真的难以为继。因此,你应该通过主观努力,锻炼并加强自己的心理承受力,使得自己在遇到坏的事情时,不会成为那样的极少数的人。

现实中发生的与一个人有关的事情,除了外界的以外,还包括一个人自己的内心思考和活动。内心的思考和活动,在外人是看不到的。别人所能看得见的,只能是基于内心的思考和活动,所表现出来的言行。一个人在内心思考和活动的变化之后,"适应"其带来的新状态和情况,那其实更大程度上是与主观能动性有关的,而不是适应能力的问题。

61. 此去仙鹤入渺茫
——纪念江平老师

前几天开始出行海外,计划一个月后返京(之后又发生一些情况,导致可能一年半载后才能真正返京)。途中惊悉江老师仙逝。

江老师桃李满天下,直接或间接、名义或实质的弟子无数,其中包括一些社会名人和继承部分衣钵者。在他担任导师直接指导的研究生中,近几十年全是博士生了。但是江老师在早年刚开始当研究生导师的时候,其实是亲自指导过几个硕士生的。那时一个老师基本一届只指导一个学生。我是江老师指导的第四届硕士研究生。我们那一届研究生,是中国政法大学从几个政法学院中脱颖而出,从流程一开始就正式以政法大学的新名招收的。我们民法专业的五个人,其实是到第二年末才确定各自的具体导师的。应该说大家都希望找当时开始走向鼎盛时期、校内外如日中天的江老师,当自己的导师。江老师最后选择了我。

江老师担任导师亲自指导的前三届研究生,后来都在大学教民商法,而我却开启了最后出走校园、远离学术界的模式,把自己变成了一个社会匠人。因此后来每次见到江老师,我心中都隐隐有愧疚感,尤其是江老师后来有所期许地对我表达过的家国情怀、社会责任,我也因为自己在人生方向上选择了小乘佛教模式(尽管我并不是佛教徒),而未能充分遵循、实践(我已经在某种意义上成了一个在祖国社会中的飘浮人)。事实上,我后来只是在海归初期与江老师稍有独聚;以及在我们那届研究生毕业几十年聚会时带司机去接送过他;然后就是在他八十、九十的寿宴上匆匆见面(包括在他成立个人名义基金时参加捐资表达了一点微薄的心意);还有过一次巧合,有一个商务会议,我们都参加并分别做演讲者。后期见面时,尽管他仍然会把我当作熟悉的学生,介绍给当时身边的其他人,但是我们后来其实是没有太多的联系和交流了。

江老师的一生,可以说是早期华丽绚烂,中间波澜曲折,近晚年开始又经历、维持了其壮丽多彩(尽管其间渠道又有所转换)。他是从自己的经历中悟出了大智慧的人,所以最后能够圆满地完成了自己平衡的人生,并成了业内和社会上的一种标志,承载了一种社会的希望。这几天看到行业内外有很多人纪念江老师,我作为昔日的学生,因故不能参加葬礼,谨此表示纪念:

风流倜傥天骄子,历尽磨难青壮年。

夕阳绽放仍绚丽，大智平衡有保全。
东隅断却庙堂路，桑榆收尽儒林田。
青眼有望愧期许，殊途失缘渐行远。
此去仙鹤入渺茫，幸遗影响冀繁衍。

62.意兴阑珊假游客
——冬日又过香港偶记

昔日风情国际都,北下寒流冻肌肤。
草木萧条活力乏,阴云蔽日绿叶枯。
西化未达福利境,中式传统失当初。
幸有规矩润社会,文明种子底层铺。
意兴阑珊假游客,闲云野鹤真村夫。

63.台湾小记

又访台北,夜降桃园机场,遥看窗外景色有感:

寥寥乡居炊烟,

点点人间灯火。

皑皑轻飘薄云,

悠悠文化硕果。

64.喜怒哀乐在人间
——小家庭团聚有感

  与妻、子以更新证件为由,在港澳台团聚、旅游两周。儿子自两年多前去加拿大读书,已经离家独居两年多了。

> 血缘姻缘尘世缘,
> 冥冥之中一线牵。
> 伤筋动骨折不断,
> 撕心裂肺仍心甘。
> 阴阳两隔始可绝,
> 紫雾分缕飞青天。
> 上世恩怨今世偿,
> 喜怒哀乐在人间。

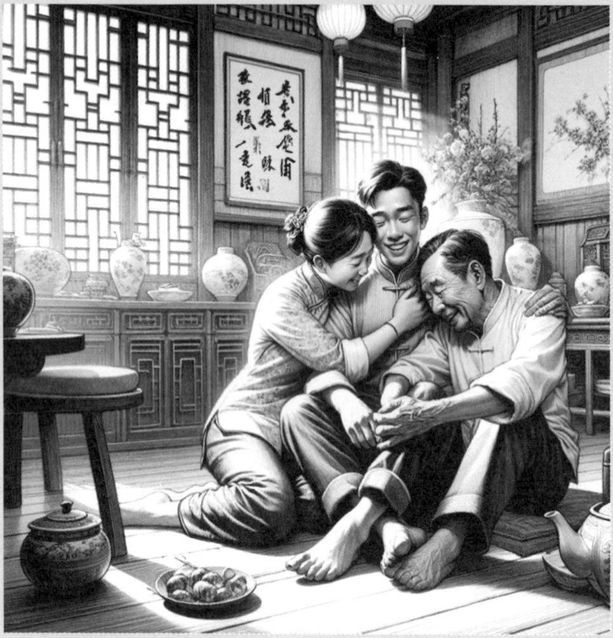

65.家人所在,落地生根
——2023岁末跨年夜有感

我们一家三口,自儿子独自离家上学逾两年后,又团聚在一起迎接新年。这次是在香港维多利亚港,观赏跨年夜烟花音乐会演。巧合的是今天是周末、月末和年末,明天是周首、月首和年首。即时有感。

今三末旧,明三首新。

香江欢庆,烟火缤纷。

染月画天,激动人心。

我等三人,期待重生。

人间初过,缺验少经。

挡路荆棘,陷阱沟坑。

黑暗摸索,久试成精。

怨天尤人,莫若自扪。

七情六欲,本自真心。

尘世一遭,草木一春。

滴与灰尘

承受一切,珍惜如今。

此情彼境,非主即宾。

家人所在,入地生根。

来日方长,缘在不分。

66.闭眼塞耳方无事
——家庭关系打油诗

人生一笔糊涂账,家庭和睦靠谦让。
多少人前楷模侣,自家门后不一样。
故事里面多顺从,现实之中常对抗。
琐事岂必归平淡?杯水可起大风浪。
茫茫尘间有众生,纵有选择亦枉然。
世上本无巧合事,归于缘分莫思量。
大千舞台人万种,各有奇招把戏唱。
闭眼塞耳方无事,憨翁心宽体又胖。

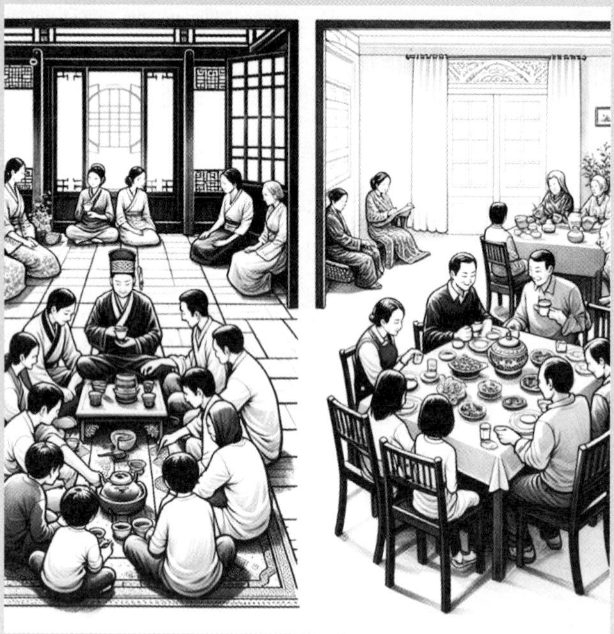

67.挥手引出心中悲，泪飞顿成倾盆雨
——香港机场送别儿子有感

转眼与儿子两周多的团聚结束了。儿子独居两年多之后，又亲身体验了一次与我们在一起的日常家庭生活的喜怒哀乐。他比以前成熟从容了一些，但是我们应该变化不大。

人间生离情思苦，仅次死别入黄土。
日常相处起烦厌，转眼分开又酸楚。
修炼本是终身事，达成仙境始免辱。
走上社会有面具，返回家中无城府。
人前人后常区别，有时绵羊有时虎。
日常琐事皆可争，不为它故为做主？
天性转换三伏天，吼狮瞬间变慈母。
生命自由本无价，尘世真情值几许？
挥手引出心中悲，泪飞顿成倾盆雨。

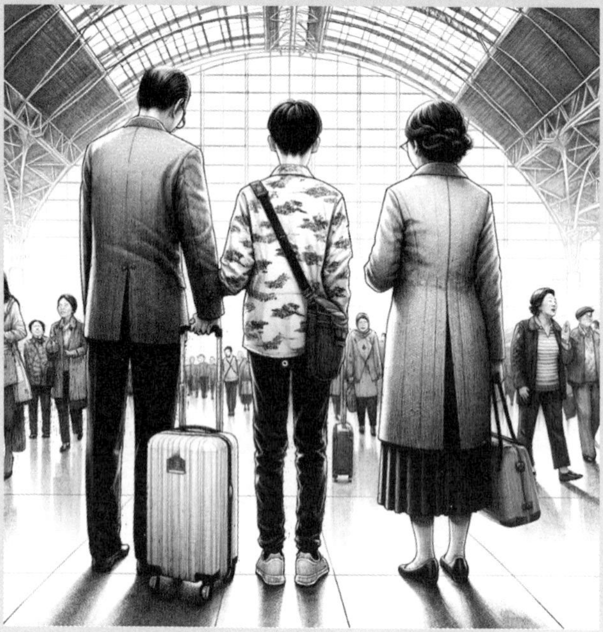

68.奢靡生活逆命短，简朴持家福运长
——又游澳门有感

五彩缤纷霓虹港，九流混杂财富场。
白昼枯燥破败楼，黑夜活跃兴旺堂。
丑陋恶行灯迷幻，华丽娱乐钱弘扬。
灯红酒绿人欲乱，纸醉金迷野性狂。
挥钱如土销金客，勤力似蚁打工郎。
天上人间瞬间事，岂敢任性不提防？
奢靡生活逆命短，简朴持家福运长。

69. 众教和睦,世界大同
——游览阿布扎比大清真寺有感

荒漠破土起堂寺,地面辽阔室下挤。
琳琅满目众商铺,薄纱蒙首严实衣。
宏大铺陈衬人小,壮观建筑称世奇。
雕梁画栋圆尖顶,白玉金饰灯琉璃。
搔首弄姿摄影客,无扰肃穆祈祷地。
众教如此和睦处,何愁大同来临迟?

70.迪拜奇迹花园小记

奇迹花园逆常态,夏日凋零冬季开。
沙漠绿洲人巧为,奇花异草神手栽。
吊篮摆出千种景,马象孔雀城堡态。
栩栩如生几乱真,巧胜天功数层台。
姹紫嫣红真仙境,精心配置出异彩。
土地贫瘠雨水稀,海洋蒸滤饮灌溉。
流连忘返不思蜀,花迷失落成痴呆。

71. 短期可赖外运气，长远唯靠内在能
——又访深圳有感

游玩迪拜归来，路过深圳住了几天，发现两地颇为相似。

才访往昔旧海港，又过昨日小渔村。
那厢石油初暴富，此处改革始飞腾。
彼地荒漠草难长，此方水土柳插生。
过去皆为贫瘠地，今日均蒙财富荫。
迅猛发展大都市，陆续建筑热气氛。
白板蓝图任意画，野蛮生长新旧存。
短期可赖外运气，长远唯靠内在能。
世界各地有千秋，神州整体仍逊名。
新富旧贵貌似同，实质差异看细纹。
赢得和平一百载，再看华夏大功成。

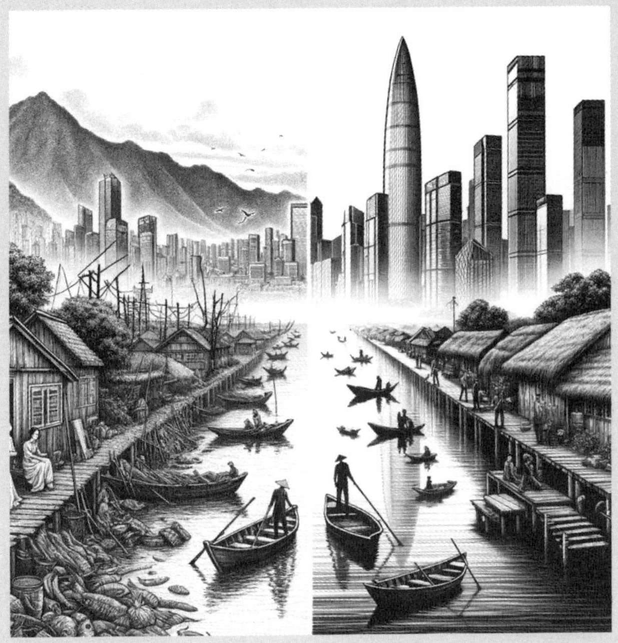

72.远路情怀寄山水，繁星之下伴月眠
——记小住惠州巽寮湾"云水蓝楹"沙滩海岸别墅民宿

我们夫妇俩在近一个月海外旅程之末，接受朋友邀请，来到他们这个五星酒店级别的民宿，体验、感受他们基于青年时期的"面朝大海，春暖花开"的情怀、并几乎遍访国内各处类似环境而最后选中的这块理想之地，也在他们陪同下游览了附近的几个景点。结束旅行回京前夜，接儿子电话，要求我们现在去加拿大团圆。

窗外见海云水天，门前戏沙岸线延。
坡仙改名佳话传，友人款待情意绵。
捕鱼体会渔民乐，放生欲结虾蟹缘。
豚跃喜见幸运客，鸥翔欢娱天际线。
山环蔚蓝港湾宁，云罩如洗波光涟。
外海层涛推白雪，孤勇冲浪不畏险。
松散沙土浪漂远，坚固岩石波磨圆。
才结月旅歇身疲，又应子唤赴加寒。
远路情怀寄山水，繁星之下伴月眠。

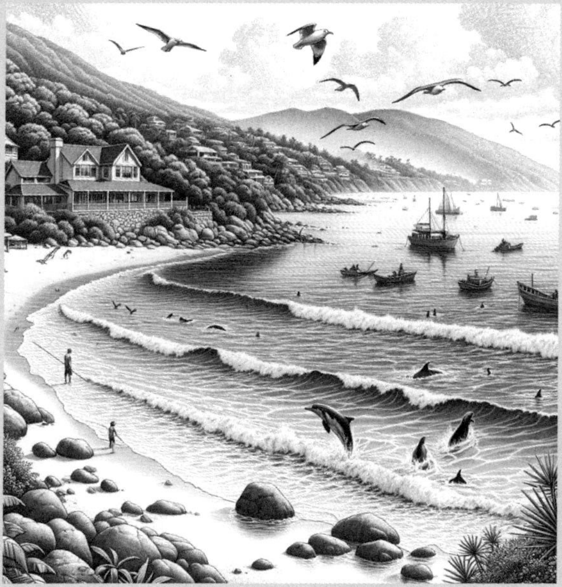

73.乐土原本在今世，合家共勉天地鉴
——赴多伦多与子团聚有感

每个青少年成长过程中，可能都有自己独特内容或形式。我们家解决与儿子叛逆期相关问题的方法，是把他放飞到了加拿大。由于之前儿子从小几乎一点都没有独立生活的能力，他应该是熬过了两年多痛苦的独处时间。对他来说，应该算是自我流放。现在儿子突然召唤我们全家团圆，我第一时间赶了过来，百感交集。希望这是他结束叛逆期的开始，从此一切将往好的方向发展。

儿唤如令星夜赶，来心似箭欲飞船。
事急恐惧有隐情，更忧反悔不敢耽。
子留孤境外放羊，父陷愁苦心不安。
情感理智乱无绪，人生首度鲁莽汉。
万般无奈出下策，溺子心盲无上限。
时间永往不容悔，夜深泪流书桌前。
揪心烦神催人老，白发鬓生难如愿。
冬日飞雪夏时雨，蓝天白云瞬间变。
骨肉分离空房床，穿儿衣鞋慰思念。

73.乐土原本在今世,合家共勉天地鉴——赴多伦多与子团聚有感

零星沟通科技助,音容笑貌指尖现。
意识物质理无异,视频难替真人见。
近况茫然混不知,幼时照片常翻看。
世道混乱无防护,常忧纯良被贼骗。
今见儿囧父心苦,强颜欢笑不细探。
三头六臂去脏乱,精疲力竭赢儿赞。
人间本无公平缘,唯认恩怨前世欠。
但愿自此归正途,是非曲直共分担。
乐土原本在今世,合家共勉天地鉴。

74.万家灯火满地星,只因人住云雾中
——又居多伦多有感

在我的人生轨迹画了若干个圆圈后,现在在退休初期,我们又回到了离开二十七年的多伦多,与在多伦多上学的儿子团聚在这里。之前回到国内工作的二十多年里,我曾经感慨,自己其实活成了一个漂浮在祖国社会的人。现在日常几乎整天待在六十多层楼里面(包括吃喝拉撒睡,以及我的太极和游泳运动),物理上真的感觉是生活在空中了。尤其是在多伦多的冬季,玻璃墙窗和阳台外边,常常被安大略湖的雾气笼罩着,有时往外什么也看不见。只有下到地面仍然能清楚地看到街道上的一切时,才意识到住在多伦多超高楼层上的这个毛病。当然,在天气晴朗时,极目远眺,一切都尽收在眼底的景色,也确实是很壮观的。特别是在晚上,从阳台上望下去,万家灯火像无穷无尽的星星一样,铺满下边的地面,更是感觉非常奇妙。其实当年我在多伦多律师事务所工作时,办公室就是在六十多层的楼上。印象中只有第一天上班,站在办公室窗口旁,看到外面下边的景物时,心中曾经有所感慨。另外就是有一次在零下几十度的冬天,我们律师事务所在办公室接待一

74.万家灯火满地星，只因人住云雾中——又居多伦多有感

个中国律师代表团时，其中一个代表团副团长在会议中间烟瘾上来了，由于我们整个办公楼是禁烟的，所以只好由我陪他从六十多层楼上的会议室下到地面，到楼外抽烟。当时外面非常寒冷，那个人烟抽得很狼狈。而高楼上大雾障目之类的问题，我并没有留下什么深刻的记忆。难道是那时真的每天忙于工作，平时连窗户外面是什么情况都顾不上注意了？

这段时间的日常，每天基本就是收拾屋子、洗洗涮涮、去市场买食物和其他东西，真正在体会纯粹的家居生活了。

> 东西绕圈无始终，汉夷本性原相同。
> 趋利避害逐波流，扬帆出海乘顺风。
> 远离庙堂缺宏志，漂浮故国无奇功。
> 折返他乡纯闲客，栖身楼阁笔天空。
> 万家灯火满地星，只因人住云雾中。
> 洒扫洗刷人间事，柴米油盐家居翁。

221

75. 万物循环岁岁长，四季轮换时时新
——多伦多过春节有感

首次小家三口过年，自己动手丰衣足食。妻第一次主厨做年夜饭，我第一次参与。之前二十多年，每次过年都是少则一二十人，多则三五十人一起家庭聚餐。

自从有意识地培养自己退休后的生活能力开始，最近若干年，我已经慢慢开始改变了过去几十年几乎是饭来张口、衣来伸手、出行靠司机、工作靠秘书的习惯。这次来多伦多，我更是彻底学习了保洁员、勤杂工、洗碗工、厨房帮手的工作内容，只剩下大厨的活计还没有真正掌握。后者可能也没有太多的机会提高了，尤其是在试了几次，基本都是被大家嫌弃。

这次过春节，为了与国内同步，我们大清早就打开电视，边实时看国内春晚直播，边做年夜饭。儿子吃完饭后去学校上课了，我们老两口去楼上游泳、桑拿，作为上午年夜活动的收尾。

异域春节无氛围，内心情绪有缤纷。

75. 万物循环岁岁长，四季轮换时时新——多伦多过春节有感

油管助力视同频，晨昏错位日为灯。
存活即是生原意，家务原来含本真。
世间烟火花甲试，灵界妙语空闲听。
人生荏苒瞬间过，青壮岁月在打拼。
曾叹惊天动地事，回首犹如鸿毛轻。
亲情友谊贵无价，财富禄位皆可扔。
倾心后代乃天性，无限依恋重万钧。
家人小楼成一统，严寒冬季心内温。
凌晨独起思绪空，遥望东方红日升。
万物循环岁岁长，四季轮换时时新。

76.融入大众且随缘，还原本我方从容
——家居生活有感

这次来多伦多后，为了收拾被儿子糟蹋两年多的不像样的屋子，我大概是做了比此前所做的全部家务活总量还多的工作。体会了抚育后代家居老人的辛苦，也意识到其实那些事情，就是人类生活的本意，而很多人就是如此日复一日地生活着的。但是，在有条件的人中，还是会有人选择非物质的、精神方面的事情，作为日常消磨时光的途径。一定时间之后，我应该也还会回归到那种状态。

> 人生一切终归空，过去未来意念中。
> 唯一实在是当下，转瞬即逝亦雷同。
> 代代相传秉天性，日日度过修心功。
> 物质体验有真意，精神追求非虚风。
> 三教九流人分类，各有侧重异无穷。
> 融入大众且随缘，还原本我方从容。

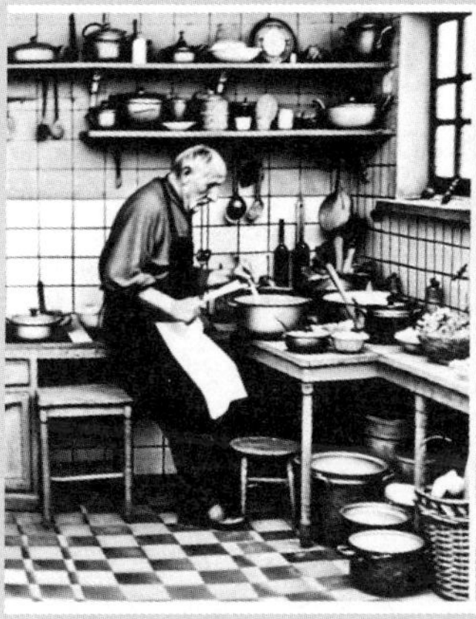
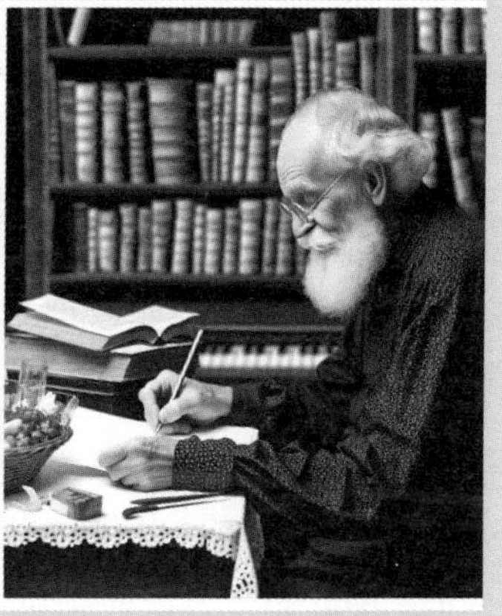

77.世间风景实类似，何必猎奇走天边
——游硫磺山及周边景点有感

2024年2月中下旬，我们一家三口在加拿大雪景胜地班芙，游玩了一个多星期。这个小镇常住人口不到一万，但是每年有三百五六十万游客来玩。

这次儿子不再像以前那样在被我们带去旅游时总是怀着抵触的情绪，而是自己主动提出要利用学校一周reading week（阅读周）的时间，与我们一起出去旅游，并提到想去滑雪——那也是他过去抵制过的活动。于是我们一家三口高高兴兴地来到了这个多年前听说过后，就想着什么时候要来玩的班芙。

除了乘缆车登山顶和在湖面雪上漫步等游览当地各处景点的活动外，我们还参加了滑雪和滑冰，并近距离欣赏了数个年轻人冒险攀爬冰川。儿子也从在这里开始泡温泉，又恢复了停止多年的、把游泳当成一种日常的运动项目。

群山环绕峰连天，雪岩交融彻骨寒。
刀削斧砍石奇形，丽日映射穿云间。

77.世间风景实类似,何必猎奇走天边——游硫磺山及周边景点有感

丛林衬托秃山顶,晴空薄雾罩远巅。
松杉追光耸天直,雄鹰掠空舞蹁跹。
一白盖世统万物,众湖化身雪地坚。
色调简朴淡然意,诠释中式水墨禅。
滑雪溜冰常人乐,攀爬冰川性命悬。
观者欣赏夸勇气,或者畏惧叹痴癫。
世间风景实类似,何必猎奇走天边。

水滴与灰尘

78. 人间逆旅笑沧桑，天高云淡一身轻
——再访卡尔加里有感

这次我们到班芙旅游，来去是通过卡尔加里机场的，我们就顺道把卡尔加里这个本身并不大，但却是加拿大第四大的城市，也转了一圈。

三十年前，我找实习工作时，曾经坐了几十个小时的灰狗长途汽车，来卡尔加里的律师事务所面试，结果没有成功。具体细节都不记得了，印象中觉得挺有意思的，发现在市中心的高楼之间，在高空中有连廊相通，为的是在冬天外面寒冷时，不同楼层的人们，可以不用穿冬装出楼，就可以互相走动。

  当年求职灰狗客，今日游玩飞行宾。
  卅年岁月瞬间过，万里路程一脚蹬。
  登高望远景无阻，低首怀旧故人分。
  山坡随势频起伏，楼层避寒顶通温。
  一望无际牧场群，漫山遍野居民村。
  人间逆旅笑沧桑，天高云淡一身轻。

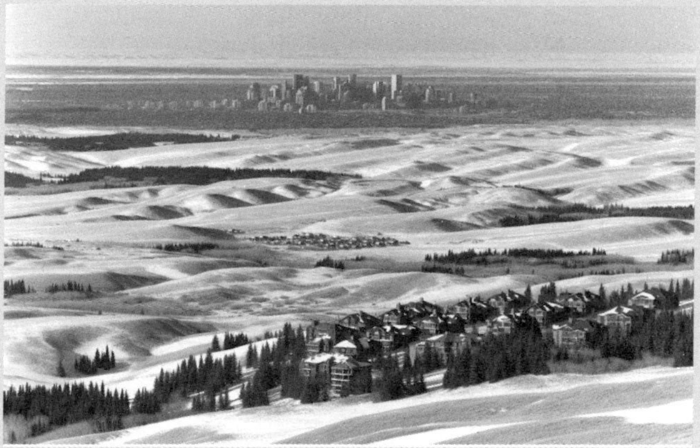